# 世界のまんなかで笑うキミへ

相沢ちせ

STARTS
スターツ出版株式会社

この世界は揺るぎない大きなものを中心に動いていて
私はきっと、その大きなものを構成する
ちっぽけな存在でしかないのだろうと思っていた。
——君に、出逢うまで。

忘れないで。
君に心動かされて
まわっていた
世界があったこと。

# 目次

世界のまんなかで笑うキミへ

# 第一章

# それは、世界が変わる合図

「……えー、そこでだんだんと頭角を現してきたのが、織田信長です。彼はー……」

教壇に立つ先生が、偉大な先人の話をしている。私はノートの見開きの右側のページにペンを走らせながら、ぼんやりとそれを聞いていた。

「……桶狭間の戦いで、今川義元を破り……」

――パキ。

シャーペンの芯が折れた。そんなことに少し苛立ちながら、筆箱の中から芯が入ったケースを取り出す。

何げない教室の風景。頬杖をついて、つまらなそうに席に座るひと。教科書を読むひと。机にうつ伏せて寝ているひと。

五月の初め。まだ居座り続ける春は、心地よい怠惰を呼んでくる。

目の前に広がるその光景と、ノートにシャーペンで描かれたそれをなんとなく見比べながら、ふう、と息をついた。

そのまんま。なんの面白味もない、ただの落書きだ。

「信長は着実に天下統一に近づき……」

ノートの絵から目を離し、前を向く。先生は相変わらず淡々と、偉人について語っている。私は窓際の席でそれを聞きながら、ふーん、と心の中で相づちを打った。

天下統一だってさ。先生が教えてくれる〝日本の偉大なひと〟は、成したことのスケールが大きすぎて、あまりイメージできない。

日本を動かしたんだって言う。ひとつの国を、ひとりのひとが。とてもじゃないけど想像できない。日本史なんかでよく〝勢力を伸ばす〟なんて言うけれど、その勢力ってなんなんだろう。財力？　軍事力？

だけどいずれにしろ、ひとつの国を動かしたんだから、よほど他人への影響力が強いひとだったんだろう。じゃなきゃ、誰もついてこない。最終的に天下統一した豊臣（とよとみ）秀吉（ひでよし）だって、織田信長の部下だったっていうし。なんだか少し信じられない。

すごいひとの近くには、やっぱりすごいひとが集まる。そうやってたぶん、すごいひとたちの塊（かたまり）ができていく。私には、それがどんな集まりなのか、全くわからないけれど。国を動かしてしまうようなひとたちの考えていることなんて、ちっとも想像できないけれど。

「……ハイ、じゃあここ、テスト出るからな。チェックしとけよー」

先生がそう言って、生徒たちが一斉に顔をしかめたとき、授業の終わりを告げるチャイムが鳴った。ざわざわと騒がしくなる教室。みんなが席を立って、気だるそうに伸びをしたり、うつ伏せたり。

　私はそんな様子をぼうっと見つめてから、机の上の教科書たちを片づけ始めた。

　そこでパッと目に映る、さっきのノートの落書き。スケッチだなんて言えるような、そんなものじゃない。つたなくて魅力のないそれを、もう一度眉を寄せてじっと見つめてから、私はパタンとノートを閉じた。

　そのとき、真横の開いた窓から風が吹いてきて、私の髪を揺らした。フッと、一瞬だけ周りの音が消えたような気がして、私はハッとして窓を見た。

「…………」

　しばらく窓の外を見つめていたけれど、何も起きない。はあ、とため息をついて、また前を向いた。

　当たり前だ。そこには、青い空と白い雲が広がっているだけ。音が消えたような感覚がしたのは、きっと気のせいだ。あるいは耳の調子の問題だ。だけどなぜだか、肌に触れる風が、さっきまでとは違うような気がして。

　その名前は、私の耳に突然響いてきた。

「颯！」

　外から聞こえてきた男子の声に、私はなんとなく横を向いた。窓から見えるのは、体育館と校舎の間の空間。体育の授業終わりなのか、すぐ近くの水道で、体操服姿の男子たちが楽しそうに笑い合っていた。学年ごとに色分けされている体操服。見たところ、私と同じ学年だ。彼らの顔を見て、ああ学年で目立つグループの男子たちだと思った。

二年生になると、話したことはなくても見かけたことはある、というひとが増えてくる。彼らもそうだ。直接話したことはないけれど、廊下なんかでいつもワイワイ騒いでいるから、目につくんだ。

今も楽しそうに話している男子たちを見て、もうすぐ次の授業が始まるぞ、と心の中で思ったとき、私は目を見開いた。

——あれ？

あんなひと、いたっけ。彼らのグループの中心にいるひと。元気でよくしゃべる、明るい笑顔の男の子。

見たことがなかった。あのグループにいるひとなら、今までに必ず一度は見かけているはずなのに。しかも、中心で笑っているようなひとだ。なのに……一度も見たことがないなんて。

なぜか気になって、彼の姿をじっと見た。水を浴びたのか、日に焼けて茶色くなった髪の毛先が濡れている。楽しそうに、本当に楽しそうに彼は笑っていた。その近くにいた男子が、彼を見て笑いながら口を開く。彼らと私の間には一定の距離があるのに、その名前だけは、はっきりと耳に届いた。

「颯！」

『ソウ』。やっぱり、聞いたことがない。珍しい名前だから、一度聞いたら忘れないと思うのだけれど。

「…………」

少し濡れた、体操服の半袖。春の陽気には似合わない、白い肌。

〝それ〟を見た瞬間、私は息を飲んだ。

透明だ。彼の白い肌や、やわらかそうな髪が、透けていた。うっすらと地面のコンクリートの灰色が、彼の肌からのぞいている。

私は目を疑った。信じられなくて目が離せなくて、瞬きをするのも惜しいと思った。けれどそう思うと、自然と一度瞬きをしてしまう。

そのあとに見えた彼の姿は、透けてなんかいなかった。

「…………」

呆然とする私の耳に、予鈴のチャイムがやけに遠く聞こえた。彼らは慌てた様子で、校舎の中へ走っていく。私は彼の姿が見えなくなるまで、目で追っていた。

『ソウ』。

明るく笑う、透明な男の子。

# 私とは違うひと

「ソウ？　……あ、橋倉颯のこと？」

昼休み。友達の眞子とお弁当を食べているとき、あの男の子について尋ねてみると、あっけなく答えを返されてしまった。

眞子とは、高校に入ってから知り合った仲だ。女の子らしくて華やかな彼女は、私と比べてずっと明るい性格をしている。どちらかといえば大人しくて、冷めた性格をしている私。笑うことも少ないし、よく「冷たいね」と言われる。趣味は絵を描くことくらい。目立つことも苦手だし、自分でも暗い性格をしているなと思う。

だけど、そんな私にも、眞子は気にせず話しかけてくれる。逆に気を遣わなくていいから、楽なんだそうだ。基本的にマイペースなところが、合っているのだと思う。

眞子は驚く私を見て、不思議そうに首をかしげた。

「眞子、知ってるの？　その、は……橋倉くんのこと」

「知ってるっていうか……うちの学年で、知らないひとの方が少ないと思うよ」

「有名なひとなの？」

「んー、目立つし、人気あるし……理央ちゃんも、話したことはなくても、絶対一度は見かけたことあると思うけどなぁ」

「…………」

　私だって、おかしいと思った。だけど本当に知らなかったんだ。心の中の違和感が、眞子の話を聞いたあとでも拭いきれない。偶然、今まで見かけなかっただけだろうか。この高校に入って、もう二年目なのに……？

　眞子は内巻きのボブを揺らしながら、不思議そうに首をかしげて私を見る。

「橋倉くんがどうしたの？」

「……いや……別に」

　どこかすっきりしない気分のまま、食事を続けた。けれどだんだんと、どうして彼について私はこんなに考えているのだろうと思えてきた。橋倉くんが透明に見えたのは、きっと気のせいだ。春は眠たくなるし。あのときは授業終わりで眠たくて、ぼうっとしていたんだろう。きっとそうだ。


　それからは、なぜか橋倉くんの姿が頻繁に目に留まるようになった。意識していないつもりなのに、どうしてこうも目につくのだろう。

　隣のクラスの橋倉颯は、いつもひとの輪の中心で笑っていた。廊下に出れば、彼を呼ぶ誰かの声が聞こえてくる。隣の教室の横を通れば、彼の周りにいろんなひとが集まっているのが見える。今までなぜ知らなかったのか、本当に不思議なほど、彼は目立つ存在だった。ますます違和感が強くなってきて、私は彼を見かける度に眉を寄せるようになった。

そんな私を見た眞子は、私が過去の彼を思い出せるように、去年同じクラスだったという橋倉颯に関するさまざまな記憶を披露してくれた。

合唱コンクールの練習期間中、クラスの集まりが悪かったとき、橋倉くんが必死になって呼びかけて、みんなを集めてくれたこと。なかなか上手くいかない練習の度に、彼が明るく笑ってクラスを励まし、盛り上げてくれたこと。体育祭では実行委員になって、誰よりも大きな声で応援し、クラスをまとめ、楽しい雰囲気をつくってくれたこと。

聞けば聞くほど、橋倉颯というひとがどれだけひとを惹きつけて、いつもひとの中心で盛り上げていたかがわかった。そんなひとを知らなかった自分が信じられなかったし、同時にまた別の原因で、もやもやした。

この前の日本史の授業が、頭の中でよみがえる。きっと橋倉くんのようなひとが、世界を動かすのだろうと思った。いつも人々のまんなかで笑って、他人の心を動かしてしまう。そういうひと。

彼に比べて私は、友達も少ないし、あんなに明るく人と話せるような人間でもない。

中学の頃は、教室の隅っこでずっと絵を描いていた。中学で初めて賞をもらって、絵のことで他人に褒められるようになるまでは、〝大した取り柄もなく、いつもひとりで絵を描いている地味な女子〟として、馬鹿にされてきた。女子たちには陰でひそひそと笑われて、男子たちのからかいの対象になって。そんな理不尽な日々に、私はいつも腹を立てていた気がする。

私があなたたちに何をしたというのだろう。私は誰の迷惑になることもなく、好きなように生きているだけだというのに。悔しくて悔しくて、さらに絵にのめり込むようになった。賞をとるようになってからは、あからさまに馬鹿にされることはなくなったけれど。私は、むやみに他人の関心を煽（あお）りたくないと思うようになった。だから高校に入学してからは、できるだけ目立たないよう、当たり障りなく、ひっそりと日々を過ごしてきたんだ。

橋倉くんは私とは違う、世界をまわす才能があるひとだ。

橋倉くんを見かける度、私は勝手に腹を立てていた。でも彼が何も悪くないことはわかっている。無邪気な笑顔で、他人を笑顔にしているだけだ。

これは嫉妬（しっと）だと、自分でもわかった。私にはない絶対的なものを持つ彼が、羨（うらや）ましかったんだ。

＊

五月中旬のある放課後、私は画板と筆記用具を持って、裏庭に立っていた。ここから見える、グラウンドの景色をスケッチするために。いいアングルの場所を探して、校舎と木々の間をウロウロする。グラウンドでは、手前に野球部、奥でテニス部が、それぞれに練習していた。

ここにいると、いろんな音が聞こえてくる。吹奏楽部が練習している管楽器の音色、バットが野球ボールを打つときの、カキンという軽快な音。校舎の廊下を歩いているひとたちの話し声。隣で、さわさわと葉桜が揺れていた。

「……もっと上から見たいな」

ここからだと、どうしてもひとが重なって見える。それはそれでいいのだけれど、もう少し全体を見渡したいと思った。

「…………」

ちら、と横に連なる木々を見る。迷いはあまりなかった。足はまっすぐに、いちばんグラウンドに近い木の方へ向かった。

画板のひもを首にかけて、筆箱からシャーペンを一本取り出した。根元の近くに筆箱を置く。シャーペンを制服のポケットに入れると、トン、と足を木の幹につけた。

ぐっと勢いをつけて、いちばん低い枝につかまった。そのまま足と腕に力を込めて、幹をよじ登る。なんとか低い枝に足を置くことができて、ひと息ついた。

それから、その上にある太い枝へ腕をかける。そのままの勢いで登って、見えた景色に私は思わず感嘆の声を漏らした。

「わあ……」

木々の葉が生い茂る隙間から見える、ユニフォーム姿の男子たち。遠くにはテニスコートがあって、そこに点々とテニスラケットを振る女子の姿があった。なんていい景色なんだろう。春のやわらかな日差しが、目にやさしい。自然と私の口元に、笑みがこぼれた。

描きたい。この暖かな光景を、水彩絵の具で描きたい。

はやる気持ちを抑えて、バランスに気をつけながら枝の上に座る。首にかけた画板を持ち上げた。

それからは、夢中でシャーペンを動かした。当たり前だけれど、部活生たちは動きまわる。写真を撮りたいところだけれど、それはこういう短時間のスケッチでは極力したくなかった。この目で見る景色を描くこと。それに意味がある。生きているひとの、一瞬の美しさ。そのぜんぶをとらえることなんか、私にはできない。たぶん、この世の誰もできないと思う。だけど私はひたすらに、それを追いかけて描く。

「………」

しばらくしてひと区切りついた私は、ため息と共にシャーペンを画板の上に置いた。

だけど次の瞬間、シャーペンが地面に向かってコロコロと転がっていった。

ハッとして手を伸ばすと、その拍子に身体のバランスを崩した。とっさにどこかにつかまろうとしたけれど、もう遅い。

「……っうわ」

まずい、落ちる。頭を打ったら死ぬかも、と嫌な考えがよぎった。

そして下を見て、私は目を見開いた。

――え?

私の目に映ったのは、こちらを驚いた様子で見上げる男子の姿だった。彼は、とっさに手を広げる。私はどうすることもできず、まっさかさまにそこへ落ちた。

――ドサッ。バサバサ……。

少し遅れて、画板やシャーペンが地面に落ちた音がした。

「………」

私はしばらく、何が起きたのかわからなかった。目の前にあるのは、自分が着ているものと同じ、制服の白いシャツ。だけど手のひらが平たく固い胸に触れていて、自分の下にひとがいること、そしてそれが男子生徒であることを遅れて理解した。

「……ってぇ」

その声にハッとして、顔を上げる。彼が上半身を起こすと、私と目が合った。

白い肌、長いまつげ。綺麗な顔立ち。

――橋倉颯。

「……あ。ごめん、なさい」

私を見る、彼のまっすぐな視線に、なぜか声が震えた。怖かったとか、そういうんじゃない。ただ少しドキッとした。なんて強い目で、こちらを見るんだろうって。

私が彼の上から退くと、橋倉くんはやさしい顔をして「大丈夫？」と訊いてくれた。

「だ、大丈夫……ありがとう。そっちはケガ、ない？」

「んー、ちょっと腰痛いけど、だいじょーぶ」

「ご、ごめん」

「いーえ。もう痛み引いてきたし」

橋倉くんは、ひとを安心させるような笑顔を浮かべた。それを見て、ああこれがひとを惹きつける笑顔かと、やけに納得した。無邪気で、幼い子供みたいに可愛くて。愛しい、と思わせてしまう。そしてなぜだかほんの少し、見たひとを切なくさせる。

そんな笑顔。

「ほ……ほんとに？　保健室行った方が」

「だーいじょぶだって。気にすんなー」

彼はそう言って、けらけら笑う。何がおかしいのかわからないけれど、とりあえず大丈夫そうでホッとした。

それにしても、どうして橋倉くんがこんなところにいるんだろう。私としてはケガをせずに済んでとても助かったけれど、このひとがひとりでいるなんて珍しいから。

「……橋倉くんは、なんで、ここに？」

「……んー、散歩？」

散歩？　ひとりで、こんな裏庭で……？

「てゆーか、なんで木なんか登ってたの」

納得できずに眉を寄せていたら、今度は私が尋ねられてしまった。

橋倉くんの問いに、答えるのを少しためらう。近くに落ちている画板をちらっと見てから、「別に」と言った。

「……絵を、描いてただけ」

心なしか、小さくなってしまった声。こんなに言いづらいのも、返事がそっけなくなってしまうのも、原因はわかっていた。橋倉くんだからだ。助けてもらったくせに、なんて感じの悪い奴だろう。きっと橋倉くんも、そう思ったに違いない。わかっているくせに、彼の反応が怖かった。私みたいな地味な人間なんて、橋倉くんは普段眼中に入れていないだろうから。

それに風景画なんか、たぶん興味も示してくれない。……完全に偏見だ。でもそういう目で見てくるひとが多いことを、私は知っている。

地味な趣味だねって。わかってるから、言わなくていいよ。

「……絵!?」

橋倉くんの大きな声に、思わずビクッと肩が揺れる。

そんな私を見て、彼は慌てたように「違う、ごめん」と謝ってきた。どうして謝るんだろう。勝手に驚いたのは私なのに。

「この木の上で、描いてたの?」

橋倉くんの目は、すごくきらきらしているように見えた。どうしてそんな目をするのか、全くわからない。戸惑いながら、ぎこちなく言葉を返した。

「……うん」

「すげー!　何描いてたの?　あ、絵は?」

彼がきょろきょろと辺りを探し始めたので、ぎょっとした。とっさに画板を回収しようとしたけれど、それより早く橋倉くんの手が、画板をつかんでしまった。

「……お、野球部?」

「…………」

橋倉くんが、まじまじと絵を見る。私はいたたまれない気持ちで、仕方なく黙っていた。

別に、見られるのが恥ずかしいとか、そういうわけじゃない。ただ、橋倉くんに見られてどう思われるのかが、怖かった。普段、あんなにも大きな世界を動かす彼に、私なんかの絵はどう見えるのか、知るのが怖かった。

「……ああ。グラウンドか」

だけど橋倉くんは、私の予想に反して、おだやかな表情で絵を見ていた。

ふ、と笑って、彼は目を細める。その表情はいつも見かける快活な笑顔とは違っていて、私は驚いた。そんな顔、するんだ。

「絵、すげー上手いね。うらやましー」

そして目線を上げて、ニカ、と笑いかけてくる。だけど私は、笑顔を返すことができなかった。

「……上手く、ない。こんなの」

唇を噛んで、下を向いた。彼の手にある、まだ色のついていないその絵を見て、ぎゅっと手のひらを握りしめた。

上手くない、こんなの。全然ダメだ。

「このくらいなら、他にも描けるひと、いっぱいいる」

　私くらいのレベル、何万人もいるよ。橋倉くんに羨ましいなんて言ってもらえるほど、上手くない。

「…………」

　橋倉くんは、驚いた様子で私を見ていた。こんな風に返されるなんて、思っていなかったのだろう。自分でも、卑屈になっているのはわかっていた。だけど素直に「ありがとう」なんて返せなかった。橋倉くんは悪くない。ひねくれている私が悪いんだ。

　彼の手から画板をもらおうと、手を伸ばす。それは抵抗なくスッと彼の手から離れて、私の手に戻ってきた。橋倉くんは何も言わない。何も言わず、私を見つめていた。その視線から逃げるように、頭を下げる。

「……ごめん。助けてくれて、ありがとう」

　それだけ言って、踵を返す。だけどすぐに、後ろから彼の声が聞こえた。

「俺は上手いって思ったよ。中野さんの絵」

　なんで、名前。思わず振り返ると、彼は真剣な目で私を見ていた。

「……俺の感想だから。否定しないで、ちゃんと受け止めて」

　その言葉に、私は失礼なことをしてしまったのだと気づいた。彼は社交辞令で褒めてくれたんじゃない。上手いって心から思ってくれたのに、私はその気持ちごと、否定してしまったんだ。

……彼の目が、あまりにも真剣だから。私はそれをただただ見つめ返しながら、「わかった」と答えた。

橋倉くんは、安心したようにニッコリと笑った。

## 揺るぎない、大きなもの

あの裏庭の出来事があってから、橋倉くんを見かけてさらにもやもやすることが増えた。彼の周りはいつもきらきらしていて、私には眩しかった。太陽の真下で笑っているような、いや、むしろ太陽そのもののような橋倉くんと、日陰でひっそりと絵を描いているような私。

あのとき、私の絵を見てあんな風に微笑んでくれた橋倉くんを思い出す度、憂鬱になった。自分が情けなく思えたからだ。勝手に嫉妬して、橋倉くんは私のことを地味だと思っていると心の中で決めつけて。

だけど彼は、とても純粋な、やさしい気持ちが込められた目で私を見てきた。そんな目で見つめられると、橋倉くんがひとに好かれる理由を思い知らされたような気がして、苦しくなった。彼と卑屈な自分を比べて、また落ち込んだ。

そんな憂鬱を振り払うように、あのときの絵に色を塗った。ひたすら綺麗な色を重ねた。瑞々しい青や黄、緑。だけど綺麗な色を重ねれば重ねるほど、逆に汚くなっていく。上手くいかないことが悔しくて、どうしようもなくなって、筆を置いた。

そんなことを繰り返していると、絵を描くのが嫌になってきて、嫌になってきている自分も嫌で。もう、どうしていいかわからなかった。

「なあなあ、颯がどこ行ったか知らねー？」

放課後、教室を出ると、ちょうど隣のクラスからそんな声が聞こえてきた。

「いや、知らねー」

「そっかー……はぁ、アイツたまにあるんだよなー。気づいたらいなくなってんの。せっかくこれからみんなでカラオケ行こうって話してたのに、颯がいないと始まらねーよ」

橋倉颯が行方不明らしい。しかも常習犯っぽい。よく橋倉くんと一緒にいるところを見かけるその男子は、隣の教室のドアの横に立って、ため息をついていた。

橋倉くんは、どうやら自由奔放なところがあるらしいと、眞子だけでなく、他のひとたちが噂しているのを聞いた。彼は人気者で、いろんなひとに好かれているけれど、他人を振りまわすこともよくあると。だけど眞子は、『そーゆうとこもいいよね』と言っていた。明るい自由人と一緒にいるのは楽しそうだと。

自由人、というと、私の中では他人を振りまわす迷惑なひと、というイメージがあったから、驚いた。明るくて人気者で、何にも縛られず、そこすらも好かれていて。なんだ、悪いところなんかひとつもないじゃないか。そう考えると、やっぱり橋倉くんが羨ましくて、妬ましかった。

また暗い気持ちになり始めたのが嫌で、足早にその場をあとにした。

私は美術部員だ。だけど今の美術部で、真面目に毎日美術室で活動しているような部員は、ふたりしかいない。私と、ひとつ上の三年生がひとり。あと何人かいるらしいけれど、ほとんどが幽霊部員だ。会ったことすらない。そんな緩い部活だけれど、私はあの静かな美術室が好きで、毎日そこへ行っては絵を描いていた。

今日の放課後も例外なく、美術室へと通じる廊下を歩く。

よく考えてみたら、橋倉颯が行方不明だとかそんなこと、私には関係のないことだ。あのとき橋倉くんに会ったのは、単なる偶然。私が偶然裏庭で絵を描いていて、橋倉くんも偶然裏庭を散歩していて。そんなことが重ならない限り、私と彼は相容れない関係のはずだ。

そう思っていた。廊下に飾られている、私の絵の前に立つひとに気づくまでは。

「…………」

橋倉颯。

彼はひとり、そこに立って、私の絵を見上げていた。思わず立ち止まってしまったのは、単に絵を見られていることに気づいたからじゃない。

一年の頃、文化祭で描いた大きな絵。地元の町並みを描いたそれは、顧問の先生が去年からそこに飾ってくれていた。いろんな生徒が通る廊下に堂々と飾っているのだから、見られるのなんか当然だ。今年に入ってからも、一年生が数人で立ち止まって見てくれているのを、この廊下で見かけた。すごいね、上手いねって、言ってくれているのも聞いた。嬉しかった。でも、それだけだった。

だけど。

「……なんで……」

橋倉くんが。

思わず声が出た。彼は驚いた様子もなく、こちらへ振り返った。

目が合って、ビクッとする。そんな私を見て、彼は困ったように笑った。

「ここ、通るだろうなと思って。待ってた」

待ってた……？

驚いて何も言えなくなった私に、橋倉くんは続けた。

「中野さん、これから部活？」

「……そうだけど、なんで知ってるの」

「……俺、この絵がすごい好きでさ。先生に聞いたら、中野理央さんが描いたって言われて知ったんだ。美術部員だっていうのも、そのとき聞いた」

中野さんと話してみたかった、と橋倉くんは言った。だから、私の名前を知っていたのか。橋倉くんがあの絵を気に入ってくれていたなんて、知らなかった。

「……そう、だったんだ。好きって言ってくれて、ありがとう」

ぎこちなく返事をした。他になんて言えばいいのか、わからなかった。だけど橋倉くんは特に気にした様子も見せず、やさしく笑った。

「今から美術室行くんだよね？」

「そうだけど……」

「俺も一緒に行っていい？」

その言葉には、さすがに驚きを隠しきれなかった。「え？」と眉を寄せて彼を見ると、「何その顔」と笑われた。いやいやいやいや。

「なんで橋倉くんが一緒に行くの」

「中野さんが描いてるとこが見たいんだよ」

「見ても面白くないと思うよ……」

「俺が楽しいからいいんだよ。邪魔しないから。静かにしてるし」

ダメ？　と首をかしげられる。その仕草は彼に似合っていて可愛らしかったけれど、こちらは戸惑うばかりだ。

橋倉くんとは相容れない関係だと思っていたのに、どうしてそんな申し出をされるのだろう。私が描いてるところなんか見たって、面白くないと思う。盛り上がる話なんかできないと思うし。橋倉くんとなんて、尚さら。

「あ、やっぱ部員以外がいたら、邪魔になる？」

「……そんなことは、ないけど……」

　美術室には私ともうひとり、引退前の、のんびりとした三年の先輩がいるだけだ。そんなこぢんまりした感じも好きだけれど、たまにはひとが増えるのもいい。橋倉くんが来ても、先輩は気にしないと思う。顧問の先生は普段ほとんど部に顔を出さない。断る理由は、思いつかなかった。だけど頷くのも、勇気が必要だった。

「じゃあ、いい？」

「……うん」

「やった。ありがとー」

　橋倉くんの笑顔は本当に嬉しそうで、なんだかこちらまで嬉しくなってしまいそうだった。そんな自分に気づいて、ハッとする。彼のペースに巻き込まれて、ほだされそうになっているのが悔しかった。

　嬉々として廊下を歩き始めた橋倉くんの背中を見て、あ、と思い出した。

「は、橋倉くん」

「ん？」

「あの……さっき、橋倉くんのクラスのひとが探してたよ。颯はどこだーって」

「あー……まあいいよ。今頃そいつらもあきらめてるだろうし」

そう言って、橋倉くんは苦笑いした。どうやら、自分が行方をくらます常習犯だと、自覚しているらしい。

教室へ戻る様子が全くない彼を見て、本当についてくる気なんだとわかった。

いくら絵を気に入ってくれたからって。描いている途中を見たいなんて、普通思わない。みんな、あくまで完成された絵を見たがるはずだ。だってそこに価値があるんだから。

橋倉くんが何を考えているのか、全くわからない。出会いだって、最悪だった。あのときの私の態度も、とてもじゃないけれどよかったとは言いがたい。

わからないままに彼の後ろを歩いていると、ふいに風がひゅうと吹いて、私のスカートを揺らした。驚いて周りを見まわすけど、近くの窓はすべて閉められている。どこから吹いてきたのだろうかと思いながら前を向いて、そして私は思わず足を止めた。

――まただ。また、透けてる。

階段を上がる、彼の足。黒いズボンがほとんど透明になっていて、階段が透けて見えていた。

「……は、しくらくん」

震えた声で呼ぶと、橋倉くんはなんでもないような顔をして振り返ってくる。そして、足が、と言おうとしたときには、また彼の足は元通りになっていた。

「………」

「中野さん？　どしたの」

見間違え？　いいや、そんなはずはない。さすがにもう、そうは思えない。私は確かに見たんだ。透明な、彼の体の一部を。

「………」

ただただ呆然として、彼を見上げた。橋倉くんは不思議そうな顔をして、私を見ている。言ったら、頭のおかしい奴だと思われるだろうか。まず信じてはくれないだろう。橋倉くん自身は、なんてことのない顔をしているんだから。

「……なんでもない……」

何も言えなかった。何を言えばいいのか、わからなかったから。私の目がおかしいのだろうか。だけどこんなこと、今まで一度もなかった。仮に目の調子が悪かったとして、何かが透けて見えるなんて、あり得ることだろうか。

「へんなの」

橋倉くんはそう言って、ちょっと笑った。そして私の手を引いて、階段を上がらせる。その手はとても、冷たかった。

美術室に入ると、誰もいなかった。普段は先輩が先に来ていることが多いから、どうやら今日は私が先か、私だけの日みたいだ。

「……誰もいねーけど……大丈夫？　この部活」

私の後ろに立っている橋倉くんが、怪訝な顔で室内を見渡した。私は「幽霊部員が多いの」と言って、近くの机に荷物を置いた。

「橋倉くんも、適当な机に荷物置いて。好きなとこ座っていいから」

何やら興味津々な様子で美術室を見まわし始めた橋倉くんは、私の言葉にワンテンポ遅れて「あ、ああ、わかった」と返事をした。だけどすぐに、目線は室内のあちこちに移る。

何がそんなに珍しいんだろう。美術室なんか、普通に義務教育を受けて育っていれば、一度くらいは入ったことがあるはずだ。それなのに、彼はまるで未知の空間に足を踏み入れたような様子で、室内を歩きまわる。

なんてことのない、普通の美術室だ。通常の教室より少しばかり広くて、両側にある窓から青空が見える。中央には長机が正面に向かって二列で並べられ、簡素な椅子がその間に点々と置かれている。壁際には備品が入った棚や石膏像が並べられ、上部には過去の先輩の絵が飾られており、角にはイーゼルが立てかけられている。奥にもうひとつ、準備室につながる扉があるけれど、あそこは顧問の先生の私室と化していて、生徒はおろか、部員さえ入ることができない場所だ。

「すげー」

何がすごいのかわからないけれど、橋倉くんはあちこちを見てはそう言った。

なんだか不思議だ。あの橋倉くんと、美術室でふたりきりなんて。

この美術室は、先輩とふたりで使うには広すぎる空間だ。まして今日のように先輩もいなくて、こんなところにひとりでいるときは、やっぱり少し寂しくなる。橋倉くんは、いるだけでその場を明るくしてくれる気がした。

「他の部員、みんな幽霊なの？」

室内をさんざん見て落ち着いたのか、やがて橋倉くんは私が荷物を置いている机の近くの椅子に座った。

「ううん。もうひとり、いつも先輩がいる」

「ふーん。その先輩は、今日休みなの？」

「さあ。わかんない」

角からイーゼルをひとつ取って、持ち上げる。私の簡潔な答えに、橋倉くんは苦笑いした。

「わかんないって……連絡とかは？」

「連絡取り合うのは、重要な話を伝えなきゃいけないときくらい。幽霊部員ばかりだから、いちいち欠席連絡してたらキリないでしょ。顧問も滅多に来ないから、私と先輩は自由な時間に来たり帰ったりしてるの」

「なるほどね」

そうはいっても先輩はもともと真面目な人で、私が部活に顔を出した日は、たいてい彼も美術室にいた。来ない日が多くなったのは、今年度に入ってからだ。私は二年生に進級して、先輩は三年生になった。つまり彼は受験生だ。部活に来られなくても仕方がない。美術室にひとりでいるのは寂しいけれど、先輩がいつ来ても気持ちよくここで絵が描けるように、ちゃんと毎日ここへ来て、備品の管理をしたり、環境を整えておくのも後輩の務めだ。

長机と長机の間にある椅子を退けて、そこにイーゼルを立てる。水彩紙と画板を準備して、何を描こうか考え始めた。正直、今は風景を描きたくなかった。きっと今風景を描いたって、上手くいかない。気分転換をしよう。私の風景画を気に入って来てくれた橋倉くんには申し訳ないけれど、今の私に、廊下に飾ってあるあの絵のようなものを描ける自信は、全くなかった。

「ごめん、今日は静物を描くね」

呟くようにそう言って、近くの棚へ向かう。橋倉くんは首をかしげて聞き返してきた。

「せいぶつ？　えーと、生き物？」

「ううん。静かな物って書いて静物」

「何それ」

「んー……動かないもの？　っていうのかな。そういうのを机に適当に置いて、それを描くの」

こんなの、と言って、棚からリンゴのモチーフを取り出して見せた。

「え、本物のリンゴ？」

「偽物。すごく軽い」

「へー」

それから適当にブドウや花のモチーフを取り出して、横の棚から大きさの違う瓶を二本取り出した。

机に戻って、それらを適当に置いていく。橋倉くんは、「すげー、本物みたい」と言いながら、興味深そうにモチーフを眺めていた。

「じゃあ、今日はこれ描くんだ」

「うん。……来てくれたのに、ごめん」

「気にしなくていいよ。俺が無理言って来たんだし。中野さんが描きたいもの、描いて」

「……うん。ありがと」

〝描きたいもの〟か。描きたいのかな、私。静物画を。

……わからないな。風景から逃げるために、静物を描こうとしているだけだ。そんな理由で描いたって、きっといいものなんかできない。わかっているけれど。

「…………」

配置を決めて席につくと、私は鉛筆を持った。目の前の真っ白な紙と、机の上のモチーフたちを見比べる。

私が鉛筆を紙の上に走らせ始めると、橋倉くんは口を閉じた。邪魔をしないと言っていた通り、私が描いている間はしゃべらないつもりみたいだ。そんな風に真剣な目で見られているのも、落ち着かないのだけれど。

適当に大体のアタリをつけて、描き始める。最初に手をつけたのはリンゴだった。詳しく描き込まずに、輪郭だけを取る。次にブドウ、次に花……と手前から描き進めていく。サ、サ、という鉛筆の音だけが、広い空間に響いた。

やがて下描きが終わる。あくまで息抜きだからあまりきっちり描いてはいないけれど、こんなものだろうという妥協点には達した。モチーフたちと見比べて、それから鉛筆を置く。時計を見ると、夕方の五時を少し過ぎたところだった。下絵にかけたのは三十分くらいか。

「お、できたの？」

「下絵だけね。今から色塗る」

壁際にある小さなロッカーたちは、美術部員のためのものだ。自分のところを開けて、水彩絵の具を取り出す。あとはパレットと、筆と……バケツは美術室のやつを使おう。橋倉くんはイーゼルを見て、「おー、うめえ」と声を上げていた。

「……ありがと」

私はロッカーの前に座り込んだまま、小さく言葉を返した。

席に戻って、パレットの上に絵の具を出す。橋倉くんは頬杖をついて、私の手元をじっと見ていた。私が筆を取って塗り始めると、彼はまた黙ってそれを見つめ始めた。

初めに適当に暖色、寒色の色を薄く入れて、そこから濃くしていく。こうやって色を重ねていく作業が、水彩絵の具の魅力だと思う。どれだけ重ねても、前に塗った色は必ず残って、意味を生む。何度も何度も重ねることで、深みが出る。私はこの淡く、深い水彩絵の具の味わいが大好きだった。

――だけど。

「…………」

塗り始めて三十分後、私は筆を持つ手を止めた。唇を噛んで、目の前の絵を見つめる。明るい色、暗い色。幾重も重なって美しい色合いをつくり出した紙の上。リンゴの赤、オレンジ、紫、緑。

……でもこれだけじゃ、ダメなんだ。いろんなことを考えながら、パレットへ視線を映した。頭の中がぐるぐるする。巡る、ぐちゃぐちゃになる。

ここからさらに、なんの色を重ねよう。何と何をどう混ぜよう。どこまで重ねたらやめていい？　どこまで濃くすればいいのかな。どこまで色を強くすれば、どうすれば……。

「中野さん」

聞こえた声に、ハッとした。橋倉くんが、まっすぐな瞳で私を見ていた。羨ましいほど、透明で美しい瞳。

彼が私に手を伸ばした。その手は私の頬に触れ、そして、涙を拭った。

「……あ、ごめん……私……」

いつのまにか泣いていた自分に驚いた。橋倉くんは笑わず、ただ静かに「謝らなくていいよ」と言った。

「……中野さん、さ。このあいだ、自分の絵を上手くないって言ってたけど、実際上手いと思うよ。中野さんくらい描けるひと、この学校にいないと思う」

「……うん」

そうだね。それは、そうかもしれない。

「だけどそんなのただの偶然だよ。他の学校には、私より上手いひとなんか、たくさんいる……」

自分が、並のひとより描けることは知っている。幼い頃からたくさん描いてきたんだから、当たり前だ。中学の頃も美術部だったけれど、他の部員が嫌がる物体デッサンの練習も、頑張ってした。人物のクロッキーだって、たくさんした。そこそこデッサン力があって、ただそのまま描くだけなら上手いのは当たり前だ。自分でもわかっている。

でも、一枚の絵をつくり上げるとなると、正しく描けるだけじゃダメなんだ。

「……上手いっていうのは、ただ見たまんま、完璧に写し取って描けるってことだけじゃないんだよ。誰かの心に残るような魅力がなきゃ、本当の意味で上手いとは言えないんだ」

ふわふわしていて、曖昧で。口で模範的な説明ができるようなものじゃないから、わからなくなって不安になる。ひとを惹きつける魅力とか、ひとの心を動かす魅力とか。私の絵には、それが足りないらしい。どうやったらそれが得られるのか、今の私にはわからない。

ただそれは人間だって同じことで、きっと世界的に有名な役者さんとか、歴史的な偉人とか、そういうひとには、そんな魅力があったんだろうなと思う。私の絵にそれがないのは、私という人間にひとの心を動かす力がないからなのかもしれない。

はっきりとした理由はわからない。でも確かにあのとき、これじゃダメだって言われたんだ。私の絵には、何か決定的なものが足りていないんだ。

「………」

感じ悪いな、私。

その場に落ちた沈黙を破ったのは、橋倉くんだった。

「……なあ、中野さん。今からさあ、海、行かね？」

え……？

顔を上げて彼を見る。橋倉くんは、やっぱり真剣な顔をしていた。

「……なんで？」

「俺が行きたいから」

「なら友達と行きなよ」

「中野さんは友達じゃないの？」

友達？　友達なのか、私たちは。いつ友達になったんだ。

私が困惑した顔をすると、橋倉くんはガタッと席を立った。机に手をついて、座っている私の顔をのぞき込む。綺麗な目に、私が映っていた。

「中野さんと行きたいんだよ」

私と……？　彼の言っていることが、うまく理解できない。どうして私？　私は橋倉くんに、そこまで言わせるほどのことをしただろうか。絵のことを含めても、彼にこんなに気に入ってもらえるほど、私たちの間に何かあったわけではないはずだ。だけど橋倉くんの瞳はどこまでもまっすぐで、私はその視線から逃げられなくて。

「……いい、けど……」

喉の奥が詰まった。絞り出すように出した声は、少し掠(かす)れていた。

……いずれにしろ、断る理由がなかったんだ。私の手はもう、これ以上描くことを拒否していた。

返事を聞くと、橋倉くんは満足げにニッコリ笑って、私から離れた。

「ありがと。じゃあ、行こ？」

「ま、待って。ここ片づけなきゃ」

「わかってる。待ってるから」

私がパレットをたたんで、絵の具やら筆やらを片づけ始めると、橋倉くんもバケツの水を捨てに行ってくれた。

急いで五分ほどで片づけ終えて美術室を出たとき、ひとつ不安が頭をよぎった。

「……海って、学校からいちばん近いとこだよね？　今から歩いていっても、時間かかるんじゃ……」

　高校がある町は、山と海に挟まれている。その中間辺りにこの高校は位置していて、ここからまっすぐ下っていけば、海岸にたどり着くのだ。私の家があるのは隣町だから、私は電車通学で、自転車は持っていない。歩いていくと、海岸へは三十分以上かかる。今は午後六時前。今から行ったら、たどり着くのは七時前になってしまう。

「中野さんち、門限とかある？」

　だけど橋倉くんはあっけらかんとした顔で、「そーだね」なんて言った。

「それは……ないけど」

「ちゃんと家まで送るよ。あと、今から行くのはその海岸じゃない」

　え？　という顔をした私を見て、橋倉くんはやさしく……なぜか少しだけ切なそうに笑った。

「中野さんも絶対知ってるとこ。まあ、すぐわかるよ」

　それ以上何も言わず、彼は私の手を引いて、昇降口へ歩き始めた。

# 第二章

昇降口を出てから、彼が再び足を止めたのは、学校の駐輪場だった。橋倉くんは自分の自転車を見つけると、鍵を外し始める。私は困った顔で、彼の近くに突っ立っていた。

「……えっと、橋倉くん。私、自転車ないんだけど」

「うん。だから後ろに乗って」

「えっ？」

「俺が前に乗るから。中野さん、後ろ乗って」

……ふたり乗りするってこと？　思わずポカンとすると、橋倉くんは当然のように「ホラ」と言って、荷台に乗るよう促してきた。

「み、見つかったら怒られるよ」

「大丈夫だって」

へらへらと笑って、無責任なことを言う橋倉くん。私は顔をしかめながらも、今から歩いてかかる時間のことを考えると、心は楽をしたいという気持ちに傾いた。

「……わかった」

ふたり乗りなんて初めてだ。ぎこちなく荷台に横座りする。前に座っている橋倉くんは私を見て、面白そうに笑っていた。

「……なんで笑うの」

「はは。ごめん、なんでもない。じゃあ行こっかー」

辺りはもう薄暗い午後六時、私たちは学校を出発した。

橋倉くんの自転車は、迷いなく進んでいった。近くの海岸へは行かず、別の方向へ走っていく。

橋倉くんの腰に手をまわして、夕方の町の様子を眺めた。ふたり乗りはやっぱり目立つのか、私たちは道行くひとの視線を集めていて、時折すれ違いざまに誰かと目が合うと、慌ててそらしたりした。

橋倉くんの、まっくろい学ランの背中。風に揺れるやわらかそうな黒髪。それをこんなに近くで見ているのが不思議だった。

どうして私は今、橋倉くんの自転車に乗って、海なんて目指しているのだろう。彼とはつい数日前まで、知り合いですらなかったはずだ。彼からしたら、絵を通して私の存在を知っていたかもしれないけれど。

私にとっての橋倉くんは、明るくて人当たりがよくて、人望がある人気者だ。だから、私とは違う人間だと思っていた。いや、今もそう思っている。羨ましくて仕方がつめられるひと。

ない。みんなの世界を動かすことができるひと。濁りない透明な瞳で、他人の瞳を見

「…………」

橋倉くんは、何を考えているんだろう。どうして私と海へ行きたいなんて言ったん

だろう。私が落ち込んでいたからだろうか。気を遣って、気分転換に誘ってくれた？

もしそうだとしたら、やさしいひとだな。

「……橋倉くん」

彼の身体にまわした腕を少しだけ緩めて、顔を上げた。できるだけ大きな声で名前

を呼ぶと、彼は前を向いたまま「ん？」と返事をした。

「……ごめん。ありがとう」

橋倉くんが、小さく笑った声がした。

それから穏やかな声で、「謝るようなことしたの、俺に」と言った。

うん。したよ。卑屈になって、勝手に嫉妬して。私を見据えるときの、彼の真摯な

瞳。それに見つめられたとき、私は私の中の醜いものを実感して、つらくなった。今

だって、少しつらい。だけど不思議と心は落ち着いていた。

だって橋倉くんが、あまりにやさしいから。ぜんぜん怒らずに、私の情けないとこ

ろ、ぜんぶ受け止めようとするから。なんだか私は泣きたくなった。私がきつく当た

る理由も、何も訊かずに彼はやさしさと明るさをくれる。そんな橋倉くんを前にすると、彼に嫉妬してひねくれていた自分が滑稽(こっけい)で、馬鹿らしくなった。それもまた、私を悲しくさせた。

　私はダメな人間だ。本当に橋倉くんはすごい。彼にとっては私なんか、ちっぽけな存在だろう。そんな奴にやっかまれたって、きっと彼は気にしない。彼に比べたら、私が見ている世界なんてよほど小さいのだろうと思った。私には、橋倉くんが眩しくて仕方ない。

　腕をまわしているとわかるけれど、彼の腰はとても細かった。背が高いわけではないし、身体も鍛えているようには見えない。男子にしては、華奢(きゃしゃ)な方だと思う。だけど私には、この背中がとても広く見えた。頼もしい、とは少し違う。当たり前のことだけれど、ああ男子なんだな、と思った。

　なんとなく彼の背中にそっと頭を寄せて、目を閉じる。橋倉くんは気づいているのかいないのか、何も言わなかった。いつもなら、こうやって話をすることすらなかったはずのひと。遠くから見ていることしかできない背中。

　伝わる彼の体温にちょっとどきどきして、どうしてか切なくなった。きっと明日には、触れることもできなくなる。

　当たり前だ。世界のまんなかにいる彼と、隅っこにいる私。私たちが今一緒にいること自体、おかしな状態なんだから。

「……えっ、ここ?」

驚いたことに、たどり着いたのは私の地元の海岸だった。午後七時過ぎ。もう辺りはまっくらで、静かなさざ波の音だけが辺りに響いている。

橋倉くんは適当なところに自転車を置くと、ほら言っただろうと言わんばかりの顔で「中野さんも知ってるところでしょ」と言った。

「いや、そりゃ知ってるけど……でも」

どうしてわざわざ、こんな遠いところまで? 海に来たかったのなら、高校から近いところでよかったのではないか。そう疑問を口にしようとして、彼を見る。けれどその瞬間、私は息を飲んだ。

……なんて、嬉しそうな顔をするの。

彼は見開いた瞳を輝かせて、惚けたように海を見つめていた。口元には微かな笑みが浮かんでいて、彼がどれだけこの海岸に来たかったのか、何も知らない私でもよくわかった。

「やっと、来られた……」

少しだけ震えた声で、橋倉くんが呟く。そのあまりの感動ぶりに、こちらが戸惑った。大した海岸じゃないのに。どこにでもあるような、特に広くも綺麗でもない、普通の海岸なのに。どうしてそんなにまで喜べるのだろう。思い出の地とか、そういうものなのだろうか。特に有名にもなっていないこの海岸に来たがる理由なんて、そのくらいしか思い浮かばない。

戸惑う私をよそに、彼は海を一心に見つめて、足を一歩前へと動かした。その足はどんどん先へ進む。ジャリジャリと音を鳴らす砂浜を踏みしめていった。そして、水が寄せては引いていく境に立ち止まると、橋倉くんは夜の海をまっすぐに見つめた。

「………」

時折、遠くでまわる灯台の光が、海を照らす。向こう岸の建物の淡い光が、色とりどりに伸びて、黒の海を彩っている。橋倉くんの髪が、潮風にふわふわ揺れた。私はその後ろ姿を、目を細めて見つめていた。

彼がふいに振り返って、私を見つめる。目が合って、どきりとした。橋倉くんの綺麗な瞳だけが、光を反射する。その目は、濡れているようにも見えた。

「理央」

やわらかく、それでいて芯のある声が、空気を震わせた。

初めて、呼ばれた。彼に、名前を。

なのに、ちっとも違和感を感じなかった。彼が私をそう呼ぶことは、なんだかすごく、すごく自然に思えた。

「…………」

私は何も言えなくなった。彼の瞳から目が離せなくて、心臓までつかまれてしまったかのように、呼吸さえ忘れてしまった。

「……って、呼んでもいい？」

そんな私を見て、橋倉くんがヘラリと笑う。気の抜けた、だけどどこか切ない笑顔で。

「……いい、けど」

「俺のことも、颯って呼んでよ」

「…………」

彼はみんなから、下の名前で呼ばれている。まるで、合い言葉のように。颯と口にすれば、みんなが笑顔になる。彼を中心にまわるこの世界を、愛してしまいたくなる。だから私はためらった。呼んでしまえば、さらに実感することになるからだ。彼がまんなかにいるこの世界で、自分はとてもちっぽけな存在であることを。だけど橋倉くんは、口ごもる私を見て、眉を下げて笑った。

「……呼んでよ。お願い」

その声が、目が、表情が。私に訴えてくる。

どうか、息を吸ってと。

彼の名前を呼ぶための、息を。

「……颯」

声に出した瞬間、私の中に何かが込み上げた。心が暖かくなって、どこか安心する名前。だけど同時に、なんだか切なくなってきて、泣きたくなった。自分の中の相反する感情に混乱しながら、涙をこらえた。

彼は私の声を聞くと、嬉しそうにはにかんだ。

「……うん。ありがと、理央」

どうしてそんな顔をするの。

泣きそうな、顔をするの。

そう思ってから、自分も今泣きそうになっていることに気づいた。名前を呼んだだけなのに。こんなにも胸が締めつけられる理由がわからない。

そのとき、五月の夜の冷たい風が吹いて、私の肌をふっと撫でた。寒さに、ぶるりと身体が震える。見かねた颯が、学ランを脱いで差し出してくれた。

「寒いんでしょ。着てい一よ」

「で、でも、はし……颯は、寒くないの」

「俺は下に長袖着てるから」

彼が今着ている長袖は、あまり厚手には見えない。受け取るか迷っていると、ムッとした顔で押しつけられた。機嫌を損ねても申し訳ないので、素直に羽織ることにした。

「……ありがとう」

「ん」

颯はニカッと笑ってから、私に背を向けた。海の水を少しの間見つめて、おもむろに靴を脱ぎ始める。彼の白い足が、ちゃぷ、と音を立てて水に浸かった。

「うお、冷てぇ」

「……冷たいよ、まだ五月だもん」

「えー、知らねーよ。俺、海とか来んの初めてだし……」

私が目を見開くと同時に、颯も「あ」という顔をした。

初めて……？　思わず眉を寄せた私を見て、彼は慌てた。「あ、いや、初めてっていうか」と何やら弁解を始める。

と思ったら、足元を滑らせて、バランスを崩した。次の瞬間。

「うわっ」

ばしゃーん。激しいしぶきを立てて、颯が水の中で尻もちをついた。

「………………」

ぐっしょりとズボンを濡らして、彼は呆然としている。私もびっくりして、しばらく私たちの間に沈黙が落ちた。

やがて颯がハッとした顔をして、叫んだ。

「つっめてー!!」

うわー！　と叫びながら、勢いよく立ち上がる。手や顎から ポタポタと雫を滴らせて、今度はわたわたと慌てた様子で騒ぎ始めた。その様子があまりに間抜けで、私は思わずプッと噴き出してしまった。

「何してんの。寒いでしょ、学ラン返すよ」

くすくす笑いながら学ランを手渡すと、颯はポカンとした顔で私を見た。

「……な、何」

「笑った！」

目の前で大きな声を出されて、びくりとする。颯は嬉しそうに表情を輝かせて、「理央、初めて笑った」と言った。

「え、あ……」

そうか、颯の前では初めてだったのか。そうでなくとも普段から私は、あまり笑わないけれど……。

とたんに恥ずかしくなってうつむくと、颯は「なんで下向くの」と笑いながら言った。

「笑ってよ。笑ってた方が、絶対かわいー」

思わず力が抜けてしまいそうな、子供みたいな笑顔。〝可愛い〟なんて滅多に言われないから、かあ、と顔が熱くなった。

可愛いのはどっちだ。そんな表情、簡単に向けないでほしい。ほだされてしまいそうになる。心を許してしまいたくなる。そうしたら私は、身に染みて実感することになるんだ。ひとの心を、こんなにも容易く動かしてしまうひとがいることを。

苦しくなって、だけどその苦しさに負けないように、ぎゅっと手のひらを握りしめた。

「……笑えないよ。そんなにたくさん、笑えない。私、颯みたいに明るくないもん」

暗いし。ひねくれてるし。その場の空気に合わせて、無理やり笑ったりするのも苦手。必要なときは頑張って笑うけれど、私には颯くらい自然な笑顔をつくることはできない。

颯は学ランに袖を通しながら、まっすぐに私を見つめた。そして、また真剣な顔で口を開く。

「……そーかな。理央の絵見てたら、理央が暗い人間だとは思わないけど」

ザク、ザク、と音を立てながら、颯が砂浜を踏みしめて私の横を歩く。少し後ろの方で立ち止まると、彼は海を向いてそのままそこに座り込んだ。

「理央の絵って、やさしいじゃん。雰囲気とか、あったかいっていうかさ」

……確かに絵だけ見れば、そう感じるかもしれない。私の風景画は、暖色の水彩絵の具を多用する。淡く、ふわりと、やさしい印象に仕上げる。

そして、私が何よりこだわるのが、〝必ず人物が入っている風景を描くこと〟だ。人々がそれぞれに一生懸命生きている、忙しない町中とか。穏やかで少し寂しい商店街とか、制服姿の学生が笑い合う校内とか。ひとがそこで生きて、暮らしている風景を描きたい。だから、そこにあるひとの暖かみを表現するために、そういう塗り方をしている。

でも、それだけだ。それは私の好みであって、私自身がやさしいわけじゃない。

「……それは、あくまで絵の話でしょ」

「でも、理央にはこの世界がああいう風に見えてるってことでしょ。俺にはなんてことないように見える風景も、理央にはあんなにやさしく見えてる。俺はすごいと思うよ」

颯の目には、迷いがない。こんなことを言われたのは初めてで、驚いた。そんな風にも思えるのか。よく絵には人柄が表れるって言うけれど、私はあまり信じていなかった。だから自分を暗い人間だと思っていたけれど……本当は違うのかもしれない。

そう考えると、嬉しかった。ほのかな喜びが胸の奥ににじんで、だけどその瞬間、あのとき言われた言葉たちが脳裏をよぎった。

『これじゃ、目立たないわよ』

『色が弱い。他に負けてる』

『ただ上手いだけじゃなあ……』

心にずっしりと、重たいものが乗っかかる。さっきまで感じていた嬉しい気持ちまで押し潰されて、また暗い気持ちが私の中に広がった。

「……あ、りがとう」

かろうじてお礼は言えたけれど、明るくならない私の表情を見て、颯は悲しそうな顔をした。

「……理央は、自分の絵、好き？」

好き……？　颯の問いに、すぐに答えは出せなかった。

好きなのだろうか。私は、私の絵が。自分の作風は好きだ。納得はしている。

でも……。

「ひとに、認めてもらえない。今の私の絵じゃ、ダメなんだって言われた。だから、今の私の絵は、好きじゃない」

私の淡々とした言葉に、颯は静かに目を伏せた。

「……話、聞きたいんだけど。……聞いてもいい？」

海の水が、寄せては引いていく。

彼があんまりつらそうな顔をして言うから、なんだかまた笑いそうになった。だけどそれを我慢して、「いいよ」と、平坦な声で言った。

「大した話じゃないよ。どこにでもあるような、悲劇でもなんでもない出来事」

それでも私の心に居座り続けて、消えてくれない出来事。誰かに話すのは初めてかもしれない。

颯の横に腰を下ろす。

そうして私は、ゆっくりと話し始めた。

# まわる宇宙と君の世界

「去年の秋にね、大きな展覧会があったんだ」

それは全国の高校生が自慢の作品を発表し合う展覧会の、予選に当たる県大会みたいなものだ。ここでいい評価をもらえれば、全国へ進める。

そこに私は、作品を出した。通常より大きなサイズの紙に、近所の古い駄菓子屋を描いた。子供の頃から大好きで、中学生になっても高校生になってもときどき足を運んでいたお店。やさしいおばあちゃんが切り盛りしていて、主なお客さんは地元の小学生たち。子供たちが楽しそうにお菓子を選ぶ横で、おばあちゃんが穏やかに微笑んでいる、そんな風景。

当時私は、あらゆる駄菓子やおもちゃでごった返した店内を描きたくて、おばあちゃんに頼み込んだ。おばあちゃんは快く承諾してくれて、私は毎日のようにそこへ通って絵を描いた。デッサンの狂いがないよう、何度も何度も見て描いた。あの駄菓子屋の和やかな雰囲気が伝わるよう、試行錯誤を繰り返して。

「一生懸命描いた。そのときの私ができるぜんぶの技術を使ったと思う。一ミリも妥協したくなかったから、いっぱいいっぱい考えた」

颯は私の話を、前を向いたまま黙って聞いてくれていた。どうして私は今、彼にこの話をしているのだろう。頭の片隅で思う。私は橋倉颯という人物が、苦手だったはずだ。弱味なんか見せたくなかった。

だけど、私は気づいてしまった。すべては私が、すんなりとこの話ができるように。彼が時間をかけて、私が彼に気を許せるようにしてくれたこと。

……なんだもう、ほだされているじゃないか。

眞子にすら話したことがないのに、私は口を動かしている。きっと颯なら、素直な心のまま、真正面から私に向き合って、この話を聞いてくれるだろうと思ったから。

「顧問に作品を提出する日の、ギリギリまで描いてた。手を止めたとき、できたって思った。今まで描いた中で、いちばんの〝でき〟だって」

賞をとれるだなんて、自惚れていたわけではない。けれど、ほどほどに自信があった。中学の頃、私はそれなりに賞をとっていた。大きな大会でも賞をもらっていた。高校一年生の私の実力は、この舞台でどれほど通用するのだろう。それを知るのが楽しみだった。

「それでいざ展覧会に行って、他のひとの作品と一緒に飾られてる自分の絵を見たんだ」

自分の絵があるところを探して歩いて、そこで私が見たもの。今でも鮮明に思い出せる、私の目に映ったあの光景。

「誰も、足を止めてなかった」

藍色の海に浮かぶ月を見つめながら、ポツリと呟く。

颯はハッとした顔をして、こちらを向いた。ぐ、と喉の奥が詰まって、痛くなった。

「私の絵の前に立ち止まってくれるひとなんか、いなかったんだ」

たくさんのひとが、私の絵の前を通りすぎていく。目線は一瞥くれただけで、すぐにそらされる。その様子を遠くから見つめて、愕然とした。

「私の両隣に飾られてあった絵は、大胆で力強くて……私の絵が、すごく霞んで見えた。全然目立ってなかった。たくさんの作品の中で、私の絵は地味で、完全に埋もれてた」

颯は何も言わない。きっと、何を言えばいいのかわからないんだろう。……何も言わなくていいよ。私だって、今どんな言葉をかけてほしいかなんて、わからない。

「いろんな学校の先生に講評をもらった。上手いねって何度も言われた。描く力はあるって。でも……それだけじゃダメなんだとも、言われた」

『これじゃ、目立たないわよ』

『色が弱い。他に負けてる』

『ただ上手いだけじゃなあ……』

言われたことは理解できた。ただ、すぐには噛み砕いて飲み込めなかった。私はそれらの言葉を、自分の絵にどう反映させればいいのだろう？

「どうしていいかわかんなくて、賞をとった絵を見に行ったんだ。それで……」

じわ、と視界が何かで覆われて、歪(ゆが)んだ。……泣きたくない。こんなことで泣くような、弱い奴になりたくない。

颯は黙っている。彼は何も言わず、私の話の続きを待っている。ぎゅう、と固く目を閉じた。目尻からひと筋だけ、涙がこぼれた。

「ああ、かなわないって思った。こんなの私には描けないって。これをいい作品って言うなら、私には一生描けないって」

そこにあったのは、描いたひとの感情がガツンと伝わってくるような絵だった。惹きつけられる、目を奪われる。見ているひとに訴えかけてくる力が、私とは明らかに桁違いだった。自らの個性が色彩に乗せられていて、他に埋もれることのない、独自の世界がそこに生まれていた。

どうしたらこんなもの描けるんだろう。これが才能というのなら、これほど残酷なものはないと思った。ひとの心を動かす、絶対的な才能だ。私はその場に立ち尽くした。たくさんのひとが会場を行き交う中で、私はひとり、『大賞』と書かれた絵を前に、圧倒されていた。

「どうやったって、すごい才能の前には立てない。私は今まで、ぜんぶ努力で技術を手に入れてきたけど、それだけじゃダメなんだってわかった。個性とか、センスとか……そんなもの、そもそも私にあるのかどうかもわからないのに、魅せ方なんてもっとわからない」

私は中学まで、努力で手に入れた技術で、個性だとかの才能がない分を補い、絵を完成させていた。だけどこれからは、それが通用しなくなる。ひとに訴える力、ひとを惹きつける力がなきゃ、認めてもらえない。

基本的な塗り方や美しく映える色の重ね方は、しっかりわかっている。身についている。問題はそこからなんだ。そこから、どう工夫するかだ。美しく塗るだけなら、やり方さえ覚えれば誰にだってできる。そこからどのように魅せていくのかで、絵は大きく変わる。けれど、私には才能なんかない。努力で魅せ方を追求しようにも、そもそも何をどう魅せればいいのかわからない。そこからの一歩の踏み出し方がわからない。

「展覧会に飾られてる自分の絵を見て、なんか悲しくなった。虚しくなった。私の絵なんて、そういう才能を際立たせるためのギャラリーのひとつでしかないんだって思ったら、自分の絵を描く力が信じられなくなった」

ほんのひと握りの、本物の才能が世界を動かす。そして私は、それを際立たせるための、数あるうちのひとつでしかなかった。世界を構成する、小さな小さな存在。ひっそりと、ゆっくりと、誰の心に残ることもないまま、死んでいく。誰の目にも留まらなかった、私の絵のように。

「……だから理央は、俺に上手いって言われても、嬉しそうな顔しないんだな」

颯が落ち着いた声色で言った。

涙がこぼれそうになるのを必死にこらえて彼の方を向くと、少しうつむいて海を見つめる、颯の姿が見えた。

「……嬉しくないわけじゃないよ。ただ、手放しに喜べないだけで……ごめん」

「謝んなくていいよ。理央が本当に真剣に、絵のこと考えてるんだなってわかるから……話してくれて、ありがと」

ふと顔を上げて、颯が私に笑いかける。いつものような明るい笑顔じゃない。つらそうに眉を寄せて、彼は微笑んでいた。

……馬鹿だな。ちっぽけな私のちっぽけな悩みを、颯はこんなに真剣に聞いてくれる。本当に彼はひとがいい。羨ましいほど純真な心を持った、透明な男の子。

「理央は、本当に絵が好きなんだな」

颯がおもむろに立ち上がった。ザク、と彼のスニーカーが砂を踏む。私は膝を抱えて座ったまま、うつむいた。

「……うん」

好きだ。だから、嫌いになりたくない。できるならずっと、好きなものを好きなだけ描き続けていたい。

颯は少しの間、そのまま黙っていた。膝にうつ伏せていると、また涙が出てきた。今度はこらえられなくて、声を押し殺して泣いた。颯がそれに気づいていたかはわからない。海のさざなみの音と、近くの木々が風に揺れる音。私が小さく鼻をすする音だけが、私の耳に届いていた。

「……理央さあ、天動説って知ってる？」

突然颯が、さっきよりも明るい声で言った。顔を上げて、わずかに涙の残った目で見上げる。颯は目を細めて、ニッと笑っていた。

「……知ってるけど……でも間違ってたんでしょ、それ」

天動説は、地球を中心に銀河系の他の星がまわっているという学説だ。だけどそれは結局間違いで、正しいのは、太陽を中心に地球を含めた銀河系がまわっているという地動説だ。私の言葉に颯は苦笑いした。

「まあ、そうなんだけどさ。俺は天動説のが好き。なんか寂しくね？　宇宙なんか広すぎるよ。でかい銀河系のちっさい惑星のひとつに自分が住んでるって考えても、全然想像できない」

……確かに、そうかもしれない。太陽はいつも空の上にあるけれど、あまりに遠くて遠くて、その存在は実感しづらい。銀河系、なんていうのも、実物なんてこの目で見たわけじゃないし、まるで他人事のように考えている。自分が生きているこの地球も、銀河系に属しているというのに。この地球が太陽を中心にまわっている、なんて言われても、私たちはそれを肌に感じることすらできないんだ。

「……それがどうしたの」

私が眉を寄せて見上げると、颯は面白そうに笑った。

「太陽は確かにすげーし、宇宙も何億光年も前に生まれて、俺なんかよりずっと立派だってわかってるけどさ。実際に見たこともない大きなものを中心に動かなきゃならないって、なんか嫌じゃない？」

彼の話に、私はすぐに納得できなかった。そんな根本的な話を、いいとか嫌とか、そんな概念で考えたことがなかったからだ。太陽がなきゃ、私たちは生きていけない。だから太陽は偉大で、銀河系の中心に据えられるのは当然だと思う。

とはいえ、考えてみると確かに、颯の言うこともわかる気がした。日本っていう規模で考えてみても、私にとっては充分広くて、地球だったらなおさらだ。なのに、そんな地球でさえも太陽という大きなものを中心にまわっているという。

確かに寂しいかもしれないな、と思った。ひとりの人間としての私はあまりに小さくて、周りのいろんなものに動かされて生きている。それは当然のことで、だけど私はそれが悲しくて、今、思うように描けなくなっている。

得体の知れない大きなものの存在を感じる度、私は動けなくなった。〝それ〟があまりに大きすぎて、自分がやっていることなんか、すべて無駄なんじゃないかと思えたからだ。

「確かに、寂しいとは、思うけど……」

「けど?」

「……ちょっと傲慢（ごうまん）だと思う。自分が生きてるのが地球だからって、その地球を中心に周りの惑星がまわってるなんて」

私は展覧会で、そのことを知った。今までの私は、なんて傲慢だったのだろうと。自分が好きだと思うものが、他のひとにとってはそうでないのと同じように、よくできたと思えた私の絵も、他のひとにはそう思えなかった。

当たり前だ。世界の中心は私じゃない。そこには才能たちの集合体とでも呼べるような、大きな塊が居座っている。颯は私の言葉に、一瞬ポカンとした顔をして、それから心底面白いというように笑い始めた。

「……なんで笑うの」

「はは。いやぁ、理央、ネガティブになってんなーと思って」

「………」

そうかもしれないけど、だからって、そんなに笑わなくてもいいじゃないか。

私がムッとした顔をすると、颯は相変わらず笑いながら、「でもさあ」と言った。

「みんな、そうだと思うよ。自分が生きてる場所が世界の中心だよ。他のひとのために生まれてきたんじゃないんだから」

理央もそうでしょ、と言われた。いや、そうかもしれないけど……だからって、自分を中心に世界がまわってるとは思っていない。

不本意で、頷かずに眉を寄せてみせると、彼はふと笑みをやわらげて、穏やかな顔をした。

「理央は、他のひとの絵を引き立てるために、絵を描いてるわけじゃないでしょ」

彼の言葉に、私は小さく目を見開いた。

それは……そうだよ。私の絵は、他のひとの絵を目立たせるために、存在してるんじゃない。私が表現したいもののために、存在している。

「………」

「天動説を考えたひとはさ、たぶん自分の世界をちゃんと大切にしてたんだよ。当たり前じゃん、よくわかんない広すぎる宇宙より、自分がいる地球が大事で、そこに住んでるひとが大事で。地球が世界のまんなかにいるのは、すごく自然だと思う」

何も言えなくなった私に、颯は目を伏せて、話し続ける。彼の声はどこまでも伸びやかで、迷いがなかった。

「……俺は、大きなものが動かす世界の小さな存在になるより、俺の大事なものを中心に動かす世界で生きたい。それがどれだけ小さい世界でも、俺はそこで生きていたい」

意外だった。颯がそんな風に考えていることに、驚いた。だって颯は、みんなの世界の中心になれるひとだ。それだけの力を持っている。だから彼はきっとこれからも、大きな世界のまんなかで、みんなの太陽として生きていくのだろうと思っていた。ひとを惹きつけるあの笑顔で、いろんなひとを笑顔にしていくのだろうと。

「……なんでそう思うの？」

「自分以外の誰かに、自分の人生決められたくないじゃん。俺がいいって思ったものはいいし、俺が大事だって思ったものが世界一大事」

その言葉はとても自己中心的に聞こえるけれど、颯の堂々とした声で聞くと、なんだか当然のことのようにも思えた。

私だってそう思う。私が好きなものを、誰かに否定されたくない。思うのは自由だ。だけどだからって、それを他人に理解してもらうのは難しい。

「……颯の言ってることはわかるけど……狭い世界に閉じこもってるのは、あんまりいいとは思えない」

他のひとの意見に耳を傾けるのも、大事なことだと思う。

颯は、私を見て、ふ、と目を細めた。

「……うん。まあ、そうだよな。ぜんぶ納得してくんなくてもいいよ。ただ、でっかいものを意識しすぎて、理央が大切にしてるもの、見失わないでほしいって言いたかっただけ」

「………」

私が、大切にしてるもの。

家族、友達。絵でいえば、なんだろう。誰かの心に残るような作品をつくりたい。だからそのために努力すること。技術を上げて、説得力を出すこと。それだけじゃダメだろうか。私は何かを見失ってる？　だから私は今、スランプに陥っているのかな。

私が大切にしてることって、なんだろう。

考え込んだ私を見て、颯がそっと私の頭を撫でた。そのやさしい手つきに、心がすうっと穏やかになった。

「俺はさ、理央が描く世界が好きだよ」

彼の手が離れる。彼の足はもう一度、海の方へ歩いていった。ズボンの裾を膝下まで折った白い足が、水の中へ入る。颯はこっちを向いて、手を目一杯に広げて、思い切り笑った。

「理央の素直な目で見て。今、俺はどんな風に見えてる？」

気づけば夜空には、星が出ていた。辺りはもうまっくらで、色彩なんて少しも残っていない。それなのに私には、彼と彼がいる風景が、とても色濃く、深い彩りをして見えた。

……身体が、震える。

寒さなんてもう、感じなかった。だけど粟立った肌が、背筋が、ぞくぞくとした。

見開いた私の目に、彼の笑顔と黒の景色が、満天の星と共に映る。風がひとつ吹いて、私の髪を揺らした。

私はそのとき確かに、この景色を描きたいって思ったんだ。

ここで生きた証(あかし)

「今日はありがと。じゃーね」

　午後八時過ぎ、颯に自転車で送ってもらって、家に帰ってきた。家の前で颯と別れるとき、私は気分が高揚していて、頭が上手く働いていなかった。

「……うん。こちらこそ、ありがとう」

　小さく手を振る。

　颯はぼうっとしている私を見て、はは、と軽く苦笑いした。

「おやすみ。また明日」

　彼はそう言って、私の返事を待たずに自転車を走らせていった。小さくなっていく後ろ姿を見つめながら、冷たい風が辺りに吹いているのを感じた。彼の背中が見えなくなってから、玄関の扉を開けて家の中へ入った。

「おかえり〜、遅かったねえ」

　お母さんが、リビングから廊下にいる私に声をかけた。

「……ただいま」

　リビングの扉を開けて、顔だけをのぞかせて中を見た。台所にいるお母さん、ソファに座ってテレビを見ている妹、テーブルでお酒を飲みながら新聞を読むお父さん。どこにでもある、ごく普通の一般家庭だ。

「ごはん、もうみんな食べちゃったけど、アンタどうする？　外で食べてきたの？」

「……うん。今日の夕飯は明日の朝食べるから、冷蔵庫に入れといて。ごめん」

本当は食べていないし、お腹もすいていた。だけど、そんなことも気にならないくらい胸がいっぱいで、今は少しでも早く自分の部屋に行きたかった。

二階に上がって、自分の部屋に入ってから、適当に鞄を床に置いて、棚を開けた。A３サイズの紙を用意して、水彩絵の具の入ったカゴの中から、基本の色をばらばらと床の上に出していく。パレットとバケツも取り出すと、バケツを持って階段を駆け下りた。

洗面台でバケツに水を汲むと、こぼれない程度に急いでまた階段を上がった。部屋に戻ってバケツを置いて、早々に紙に向かう。何も考えず、ただただ衝動に任せてシャーペンを動かした。

――描かなきゃ。

そう、思った。星空の下、笑う颯を見て。

あのとき見た光景は、強く強く私の目に焼きついていて、今も離れない。覚えている限りに細かく、感じたものを素直に。

下描きを終わらせると、息もつかずに着色に移った。展覧会の日から私の心にのしかかっていた塗り方の問題なんて、少しも考えずに絵の具を選ぶ。赤、青、黄。この三色を迷いなくパレットに出した。それぞれを軽く混ぜて、絵全体にサッと塗っていく。夜の黒い空、黒い海、黒い学ラン、颯の黒い髪。

だけどきっとあのときの黒は、いろんな色を持った黒だった。その中に赤も青も黄も緑も、ぜんぶ内包していた。やわらかく、やさしく、それでいて深く。

下地の色たちが薄く透ける程度に、藍色をかぶせていく。塗っている間、私の手は一度も止まらなかった。久しぶりにわくわくした。楽しかった。夜が更けて、家族もみんな寝静まる時間まで、私は筆を動かし続けた。

*

翌日は、朝から雨が降っていた。迷ったけれど、昨日描いた颯の絵は学校に持っていくことにした。これがあれば、なんとなく気持ちが沈まずにいられるような気がしたからだ。

お昼休みになって、私のクラスの前を友達と笑いながら歩いていく颯を、教室の中から見かけた。彼は私には気づかず、そのまま通りすぎていく。見えない壁が、私たちの間を隔てているかのようだ。なんだか昨日のことが嘘のように思えた。昨日、颯と海で話したことが夢ではなかったと、あの絵が証明してくれるけれど。

『天動説って知ってる？』

昨日の颯の話を思い出す。

『俺は、大きなものが動かす世界の小さな存在になるより、俺の大事なものを中心に動かす世界で生きたい。それがどれだけ小さい世界でも、俺はそこで生きていたい』

まっすぐな声と瞳で、彼はそう言った。それが意外で、なんだか彼が自分と近い存在のように思えた。

だけど今、学校での私と颯の距離を目の当たりにしたら、やはり遠い存在に感じられる。

昨日の颯の話を当てはめるなら、学校は宇宙のようだ。この狭い教室の中でも、〝太陽〟は存在している。教室のまんなかで、大きな声で騒いでいる派手な集団がそれだ。彼らがこの教室の動きを支配している。このクラスを明るくするのも暗くするのも、彼ら次第だ。そんな太陽の周りには、いろんな星々が存在している。太陽がその熱を爆発させないように、火の粉が自分たちに飛んでこないように、太陽を囲んで必死に愛想笑いを浮かべる星。近すぎず遠すぎない場所で、様子をうかがう星。太陽に近づかないように、遠い場所でひっそりと静かに過ごしている星。

颯は当然、太陽だ。クラスの中だけじゃない、学年中の太陽。そして私はそんな太陽が眩しくて仕方がない、小さな小さな星だ。太陽の眩しさに目がくらんで、向き合うのがつらい。だけどその光が当たらない場所は暗くて寒くて、途端に太陽の熱が、彼の笑顔が恋しくなる。

私はひねくれものだけれど、颯と一緒にいること自体は特に苦痛じゃないことも、もう気づいていた。彼のひとのいい部分を知る度、自分にひねくれた部分が浮き彫りになって苦しくはなったけれど、彼のどこか切ない笑みは、私の心を惹きつけるものがあった。

昨日感じた、颯がいる風景を見たときの、あの込み上げるような衝動は、今も私の心を震わせる。二度と忘れられないだろう。

だけど颯は、私のことをどう思っているのだろう。彼が私にかまう理由も、いまだによくわかっていない。もしかしたらもう、私と颯はあれきりかもしれない。颯はきまぐれに私にかまっただけという可能性もある。そう思うと、それが自然であるように感じた。もしそれが事実だとしたら、もうあの衝動とは出会えないだろう。当たり前のことなのに、それを寂しく思っている自分に気づいて、小さくため息をついた。

学校が終わり、美術室へ行こうと私は自分の教室を出た。

だけどちょうどそのとき、近くから颯の声がした。

「あ、理央！」

彼が口にした名前に、思わず耳を疑った。

驚いて振り返ると、颯がこちらを見ていた。彼の周りには、当然、彼の友達が何人もいて、みんな不思議そうに私をじろじろ見ている。

突然向けられた無遠慮な視線に何も言えなくなった私にかまうことなく、颯はにこにこと笑って言った。

「今日も、美術室行っていい？」

颯の言葉に目を見開く。周りの男子たちも同様だ。颯に美術室なんて、絶対つながらないワードだから、当然だ。

放課後になったばかりの教室前の廊下は騒がしく、多くの生徒が行き交っている。そんなところでこんなことを、しかも颯に言われて、私は焦った。声が出なかった。美術室に来たいなら、勝手に来ればいい。私に尋ねないでほしい。断る理由なんかない。

だけど「いいよ」と言うための勇気は、きっと颯が考えるよりずっと、大きな力を必要とするのだから。

「……う、うん」

「やった、ありがと。じゃあ、あとで」

颯は私の返事に、上機嫌に頷く。その瞬間、周りの空気が、ざわりと揺れた気がした。声は聞こえない。だけど空気で伝わる。〝どうして颯があんな子に〟という、多くの戸惑いの感情が。

「…………」

冷や汗が、たらりと背中を伝った気がした。私はその場から逃げるように、早足で歩き始める。いろんな種類の気持ちが、私の中で暴れまわっていた。

……颯。君は悪くない。また声をかけてくれて嬉しかった。だけど少しだけ、わかってほしい。自覚してほしい。

『俺の大事なものを中心に動かす世界で生きたい。それがどれだけ小さい世界でも、俺はそこで生きていたい』

君はそうやって生きていきたいのかもしれない。だけど君は、他のひとにとっての大きなものなんだ。世界を動かす、重要な存在だ。君のひと言で、私みたいなちっぽけな存在は、いとも簡単にその動きを止められてしまうこと。……それをどうか、わかってほしい。


美術室の扉を開けると、既に先輩がいた。

「あ、中野さん。こんにちは」

「……こんにちは。古田(ふるた)先輩」

眼鏡の奥の目をやさしく細めて微笑む男子生徒。古田先輩は、イーゼルに立てかけた油絵を立った状態で塗っている。相変わらず、美術室には私と先輩しかいない。静かで穏やかな空間に、ほっと息をついた。私には、ここが合っている。

疲れた顔をして、先輩の後ろの席についた私を見て、先輩は心配そうな顔をした。

「……大丈夫？」

「え、あ、だ、大丈夫です。気にしないでください」

先輩は私を気遣うような表情を見せたあと、「そっか」と言ってまた作業に戻った。

そこで颯のことを思い出して、私は再び口を開いた。

「あの、先輩」

「ん？」

先輩は手を動かしながら返事をした。

「このあと、私の同級生の男子がここに来ることになってるんですけど、大丈夫ですか？　……あ、ちょっと元気がよすぎるところはあるかもしれないけど、決して作業の邪魔をするような子ではないので……」

今さらではあるけれど、一応確認しておく。先輩はこちらを振り返りはしなかったけれど、「うん」と穏やかな声色で答えた。

「中野さんの友達なら、安心だね。僕は全然かまわないよ」

私は先輩のその言葉を聞いて、荒れた心が凪ぐのを感じた。

彼の少し猫背な後ろ姿はいつだって、すべてのものを包み込むような寛大さをもって、私の目に映る。私はそんな先輩を尊敬していた。彼の油絵は力強いけれど、乱暴に相手に訴えかけるようなものではなくて、やさしく、丁寧で、それでいて印象強く訴えてくるものだ。いつもおおらかで冷静な先輩らしい絵が、私は好きだ。だけど今年の夏には、先輩は部を引退してしまう。それがすごく寂しい。

それから数分後、美術室のドアが静かに開けられた。すぐに絵を描く気になれなかった私は、そのまま椅子に座って颯を待っていたから、その小さな物音にすぐに気がついた。颯はそろりと顔だけのぞかせて、こちらの様子をうかがっていた。

「……どうしたの」

意外な彼の登場の仕方に眉を寄せていると、颯は私に気づいて遠慮がちに「入っていい？」と訊いてきた。

「いいよ。縮こまってどうしたの」

「いや……いきなり入ったら、絵、描いてるの邪魔するかなって」

颯にしては殊勝な気遣いだ。私は先輩の方をちらりと見た。

「……先輩。さっき私が言ってた子が来ました」

先輩は手を止めて振り返る。美術室へ足を踏み入れた颯を見て、彼はいつも通りに微笑んだ。

「やあ、こんにちは。三年の古田です」

「あ、こんちは……二年の橋倉颯です」

「橋倉くん。好きなだけゆっくりしていってね」

「あ、ありがとうございます」

颯は緊張した面持ちで頭を下げた。さすがの颯といえど、先輩の前ではちゃんと礼儀正しくなるらしかった。

先輩がまた絵に向き直ると、颯は私の隣の席に腰を下ろした。

「……颯」

呼ぶと、颯は何げない様子でこっちを向く。

私は口を開いて、けれど声が出なかった。言いたいことはたくさんあったけれど、言い出せなかった。

颯とはもう、関わることはないかもしれないと思っていた。だけど彼は今日も美術室にいる。それが嫌なんじゃない。むしろ嬉しい。

ただ、不思議だった。颯はどうして私にかまい続けるのだろうと。その疑問を言葉にしようとするけれど、口下手な私では上手く言えない気がして、ためらった。そもそも、わざわざこんなことを尋ねるのもおかしい気がする。結局私が口にしたのは、「昨日の」だった。

「……昨日の……海を、絵に、描いたの」

颯の目が見開かれる。引かれないだろうかと不安になったけれど、颯の目は輝いていて、見たいという気持ちが伝わってきた。

私は絵を入れているケースから、Ａ３サイズの画用紙を取り出して、おずおずと彼に手渡した。

颯はそれを見た瞬間、さらに目を見開かせる。彼の口から、ゆっくりと息を吐き出すような声が漏れた。

「……俺だ……」

今、颯の目には、私が描いた颯が映っている。そのことを意識すると、途端に恥ずかしくなった。颯は食い入るように、絵を見つめている。私の目に、颯はこうやって映っているのだと。知られるのが恥ずかしかった。

私にとって颯は、私がほしいものすべてを手にしている、憧れの塊のような存在だ。

彼は、いろんな色をその身に持っている。私にない色を、本当にたくさん。彼の純粋さは、濁りない水のように透明で、限りなくカラフルに私の目に映る。

「……なあ、理央」

颯は絵から目を離すことなく、口を開いた。その声は、彼にしては珍しく弱々しくて、それでいて真剣さを帯びていた。

「……何？」

てっきり感想を言われるものだと思っていた私は、彼の思いがけない言葉に、目を見開いた。

「俺、夏が終わったら転校するんだ」

……転校。

目を丸くした私に、颯はやっぱり絵を見つめたまま、「だから」と言った。

「……転校する前に、あの絵を描いた奴に、会ってみたかった」

あの絵……。きっと、私が去年の文化祭で描いた絵のことだ。颯が私を知るきっかけになった絵。もうすぐ転校するから、颯は。最後に、ずっと気になっていた私と、話してみたかったってこと……？

「……本当なの、それ」

「……うん」

颯は、苦しそうに眉を寄せた。

信じられなかった。だけどそれが本当なら、颯がときどき私に見せる切ない笑みも、なんとなくわかる気がした。最近になって、私にかまうようになった理由も。

颯が転校するなんて一度も耳にしたことがないから、他のみんなには隠しているのだろう。きっとみんな悲しむ。しかも颯みたいな人気者だ。太陽を失った世界は、どうなってしまうんだろう。

「…………」

何も言えなくなって、思わずうつむいた。突然、突きつけられた事実に、頭がついていかない。いや、ついていきたくないのかもしれない。

夏が終わったら。

颯は、いなくなる。

「……ありがと、理央」

涙で震えた声がした。

顔を上げると、颯が絵を見つめて、力の抜けた笑顔を浮かべていた。

「理央の手で、俺を描いてくれてありがとう。ここからいなくなっても、俺がこの高校に通ってたってこと、この絵が残しといてくれるって思ったら、なんか安心した」

彼は絵から顔を上げると、言葉を失う私を見て、明るく笑った。一度見たら忘れられないような、胸が締めつけられるほど切なくて、可愛い笑顔。

「すげー嬉しい。ありがと、理央」

——ガタン。

私は気づけば、席を立っていた。

突然の私の行動に、颯が驚いた顔をして見上げてくる。先輩までもが、筆を持ったまま振り返っていた。だけど今の私に、そんなことを気にする余裕はなかった。颯の笑顔を見た瞬間、またあの衝動が私の中を駆け抜けたから。それに突き動かされるように、静かな美術室のはしっこで、私は口を開いた。

「私に、颯を描かせて」

一度きりじゃ足りない。

まだ描きたい。

世界のまんなかで笑う、颯を。颯がいる風景を。

「颯がこの町で、生きてたこと。笑ってたこと。その証を、描きたいの」

そのとき初めて、私は真正面からまっすぐに、颯の目を見た。今まで私は、彼に対して後ろめたい気持ちばかりで、目をそらしたいばかりで。初めて私から、私の意思で彼と目を合わせた。思いが伝わるようにと、願いを込めて。

「…………」

颯はしばらく呆然としていた。絵を持ったまま、ただただ私を見上げていた。

そして、次に彼の口から出てきたのは、肯定でも否定でもない言葉だった。

「……俺、駄菓子屋に行きたい」

ぽつりと呟かれた、希望。

私は一瞬、なんのことを言っているのかと考え、けれどすぐに気がついた。

「……私の家の、近所の？」

去年の展覧会で描いた、あの駄菓子屋？

颯はゆっくりと頷いた。すると、じわじわと彼の瞳に涙がにじんでいく。ぎょっとした私の視線から逃れるように、颯は袖でごしごしと涙を拭った。

……それは、悲しいから泣いているわけではないと、思ってもいいだろうか。

「本当は、他にも理央と行きたいとこ、いっぱいあるんだよ。けど、理央の時間を邪魔することになりそうで、言い出せなかった」

颯は、涙声でそんなことを言う。

どうして私なんだろう。他の、もっと仲のいい友達ではなくて。頭の片隅でふとそう思ったけれど、顔を上げた颯がまっすぐに私を見つめた瞬間、そんな疑問はどこかへ消えてしまった。

「……俺がいなくなるまででいい。それまででいいから、俺の思い出づくりに付き合って、理央」

夏が終わる九月まで、あと約三ヶ月。

彼の言葉に、私は笑った。返事をするのに、もう勇気なんかいらなかった。

「いいよ」

春と夏の間。私と颯の、かけがえのない時間が始まった。

# 第三章

# 瞳に映るのは幻

『私に、颯を描かせて』

私のあのときの言葉は、ほぼ衝動に突き動かされてこぼれたものだった。だけど不思議なことに、後悔の気持ちは全く出てこなかった。繰り返し思い出せば思い出すほど、その言葉は私の心に馴染む。

私は、颯を描くんだ。私の素直な目で見た、風景の中で。

『俺、夏が終わったら転校するんだ』

らしくない陰のある表情で、彼はそう言った。その、まるですべてをあきらめたかのような目に、なぜだか腹が立った。自分が描かれた絵を見て、それで満足したみたいな顔して。今にも、もういいやと言い出しそうに見えた。もう悔いはない、と。

『すげー嬉しい。ありがと、理央』

あんなにも、切なそうに笑っていたくせに。

私が惹かれたあの笑顔。可愛くて子供みたいで、それでいて私の知らない何かを含んでいた。私はそれに、暖かくてやわらかな切なさを感じた。その雰囲気は、彼の周りの景色をふわりと彩らせて、もう一度私にあの衝動を与えた。

残したい。颯がいるこの風景を、形にしなきゃいけない。じゃなきゃ私は、きっと後悔する。こんなにも心惹かれる景色に巡り合って、描かなかった自分を。今ではほとんど感じることのない、心から描きたいと思える瞬間を、大事にするべきだったと。

「あら、理央。出かけるの？」

日曜日の朝、画材一式を詰め込んだトートバッグを肩にかけて、玄関に座る。後ろから声をかけてきたお母さんに、そのまま「うん」と短く返事をした。

「どこ行くの」

「駄菓子屋」

「この近くの？」

「うん」

スニーカーを履いて立ち上がると、一度お母さんの方へ振り返って、「いってきます」と言った。洗濯物が入ったカゴを抱えたお母さんは、「いってらっしゃい」と微笑んだ。

「気をつけてね。駄菓子屋のおばあちゃんによろしく」

「うん」

玄関の扉を開けて、外へ出る。午前の眩しい日光に、目を細めた。今日は雲ひとつない快晴だ。頭上に広がる青い空が、グラデーションをつくっていた。

今日の午前十時前、私の家の最寄り駅に、颯が電車に乗ってやってくることになっている。私は今から駅へ彼を迎えに行って、それからふたりで駄菓子屋へ行く予定だ。見慣れた地元の町を歩きながら、なぜだか心臓がいつもより早く脈打つのを感じる。私は一体、何にドキドキしているのだろう。男の子とふたりきりでどこかへ行くのは初めてだからか、それとも颯を描くのが楽しみだからか。

歩く度、がしゃがしゃとバッグの中の画材が音を立てた。そのリズムに急かされるように、私は駅へと早足で歩いた。

「おはよー、理央」

日曜日だからかいつもよりひとが少ない駅の改札を通って、颯は爽やかな笑顔で私に声をかけた。

「……おはよう」

「え、何？　テンション低くね？」

「ひ、低くないよ」

いざ颯の顔を見たら、なんだかさらにドキドキして、挨拶がぎこちなくなった。どうして颯相手に緊張なんかしてるんだ。今までだって、ふたりきりのことなんて何度もあったのに。

颯の私服姿を見るのが初めてだから、とか。彼の姿が私の地元の駅にあるのが信じられないから、とか。私に会うためにこのひとはここにいるんだと、今さら実感してしまったから、とか。いくつか理由は思いついたけれど、それを認めるのは恥ずかしかった。今まで通り、今まで通り、と自分に言い聞かせながら、口を開く。

「じゃあ、行こっか」

「おー」

歩き始めた私の隣に、上機嫌な颯が並んだ。私より十五センチほど高い颯を、ちらりと見上げる。颯のやわらかそうな髪が、ふわふわと風に揺れていた。

「駄菓子とか食べるの何年ぶりだろー、超楽しみ」

「……駄菓子の他に、おもちゃとかアイスも売ってるよ」

「マジで！　あー、アイス食いてえなぁ」

まだ五月末だけれど、確かに今日はいつもより暑い気がする。よほど楽しみなのか、颯は辺りを見まわしながらずっとにこにこしていた。

高校がある市よりひとや建物が少ないこの町は、お店より一軒家の方が多い。低い建物ばかりだから、空がとても高く広く見える。私は穏やかで平和なこの町が好きだけれど、もう少し人通りがある町並みに慣れたひとにとっては、きっとなんにもない場所に見えてしまうだろう。

だからじっくりと見まわすようなものでもないと思うのだけれど、颯は瞳を輝かせて辺りを見つめていた。初めて彼が美術室に訪れたときも、この顔をしていた気がする。あと、海に行ったときも。

知らない場所に来るとワクワクしてしまう気持ちはわからなくもないけれど、美術室も海もこの町も、特別魅力がある場所というわけではない。なのに颯は、いつでも感動したような顔をしてその場所に目を向ける。これが彼の普通なのだろうか。だったら颯はちょっと変わっていると思う。

「……ねえ、颯」

声をかけると、颯は「ん？」と言ってこちらを向いた。

「……颯の思い出づくりに付き合うの、本当に私でよかったの？」

知り合って数日の私じゃなくて、仲のいい友達の方がよかったのではないか。今さらだけれど、やはり思ってしまう。私は転校を経験していないから気持ちはわからないけれど、大体のひとはこういうとき、大切な友人と過ごしたいと思うはずだ。

だけど颯は、当たり前だろうと言わんばかりの顔で「うん」と言った。

「うんって……」

あまりにあっさりと頷かれて、面食らう。颯は私を見て小さく笑ってから、前を向いた。

「いーんだよ、もう。いつもつるんでる奴らとは、学校の中だけで充分思い出つくれるし。それより俺は、理央の絵が見たい」

　颯は少し顔を下に向けて、目を伏せた。長いまつげが影をつくるのを、私は瞬きも忘れて見つめていた。

「理央の目で、俺がどんな風に映ってるのか見てみたい。理央の絵の中にいる俺を、もっと見たいんだよ」

　彼の茶色の混じった瞳が、こちらを向く。目が合って、また私の身体が震えた。

怯えたわけじゃない。背筋を走る電流。私の目に映る颯は、いつも綺麗だ。綺麗で、きらきらしている。だけどそれでいて、どこか儚かった。だから私は焦るように、彼の姿を形に残したいと思ったんだ。

「……じゃあ理央は、なんで俺を描いてくれたの？」

　颯の問いに、私は思わずその場に立ち止まった。

　住宅街を抜けて、木々が生い茂る緩やかな坂道の前。オレンジのカーブミラーが、颯の後ろ姿を映していた。

「……描きたいって、思ったから」

　理由なら、探せばたくさんあった。だけどそれをぜんぶ伝えるには、私の持つ言葉では不充分だ。描きたいという衝動が私を襲った。ひと言で言うなら、それだけだ。

　答えになっていない私の返事に、颯が苦笑いする。

「なんでそう思ったの？」

「……わかんない。口で上手く説明できない。ただ、あんなに描きたいって思ったのは、久しぶりだったの」

久しぶり、と口にした私に、颯が笑うのをやめた。ハッとしたような顔をして、私を見つめる。私はただ淡々と、気持ちを話した。

「とにかく描かなきゃって思って、それぱっかりだった。でも楽しかったんだ。上手く塗らなきゃとか、そういうのなんにも考えずに塗ったの、久しぶりだったから」

今の私の絵じゃ、上へは行けない。認めてもらえない。それはわかってる。だから私は展覧会の日から、描きたいと思える風景を見つけては、塗りの練習ばかりしていた。ひとの心を動かすために、より効果的に魅せられる塗り方を探す日々。

初めはやる気に満ちていたけれど、模索すればするほど正解がわからなくなっていって、だんだんと楽しくなっていった。絵を描くことが楽しくなくなるのが、怖かった。嫌いになりたくなかった。

だけど海で颯を見たとき、この景色はむしろ、よく魅せようと工夫して塗るべきものじゃないと思った。私の目が見つめて感じたままに塗るべきものだと。そう感じたのは、それがひとに何かを訴えるための絵じゃなくて、その景色を残すための絵だからだったんだと、あとになって気づいた。

『理央の素直な目で見て。今、俺はどんな風に見えてる？』

彼の言う通り、頭をまっしろにして、ただただ眼前の光景をとらえた。私が見たまま、感じたまま。それをそのまま形にする。それだけだったけれど、すごく楽しかった。絵を描くのは楽しいことなんだと、久しぶりに感じた。

「……だから、颯は私に描いてくれてありがとうって言ったけど、お礼を言うのは私の方だよ。描かせてくれて、ありがとう」

まっすぐ目を見て言う。颯はしばらく、口を開けたまま惚けていた。その間抜けな顔に思わず眉を寄せると、颯は突然ふはっと笑った。そのまま肩を上下させて笑い始める。

「ふ、はは。そっか、そっかぁ〜。描かせてくれて、ありがとう、かぁ」

彼がどうして笑うのかわからなくて、私は再び眉を寄せた。

「……何。私、へんなこと言った？」

「いや、違う違う。ちょっと感動しただけ」

感動？　私はお礼を言っただけだ。感動するようなことは言ってないと思うのだけれど。

「……意味わかんない」

「はは。ごめん、気にすんな」

颯は笑って、私の髪を撫でまわした。また心臓が跳ねて、それが悔しくて、つっけんどんな態度で「ちょっと、やめて」と文句を言う。だけど颯はしばらくの間、なぜか嬉しそうに笑っていた。

それからしばらく坂道を歩いていると、やがて平坦な道に出た。ぽつぽつと民家が建ち、その間をうっそうとした緑が埋めている。通りにはこの辺りの子供たちが集まる小さな公園があり、木々の隙間からカラフルな遊具たちが見えた。日曜日の午前、ちらほらと子供とすれ違う中、その店は空気に溶け込むようにひっそりと、そこに存在していた。

「着いた」

私がひと言呟くと、隣で「おー、あれか！」と声がした。

古びた小さな木造の建物は、これはこれで趣があって私は好きだ。縦じま模様の簡素なビニール屋根の下には、どっしりとした赤い自販機がある。その横には、わずかに開いたままの引き戸が見えた。

私はそれまでと変わらない速度で、店の前まで歩いた。中から子供の元気な話し声が聞こえてくる。私はそっと手をかけて、引き戸を一気に開けた。透明ガラスの引き戸は、横にスライドして、カラ、と軽快な音を立てた。

「こんにちは」

中にいた子供たちが、一斉にこちらを向く。カウンターにいる店主のおばあちゃんは、私の顔を見るなり、しわだらけの顔でやさしく笑った。

「理央ちゃん。いらっしゃい、久しぶりだねぇ」

ここを最後に訪れたのは、確か半年ほど前だ。展覧会に出品するために描かせてもらったお礼をしに行って、それからはなんとなく足が遠のいていた。

狭い店内の中に、ぎゅうぎゅうに詰め込まれた棚と、そこに並ぶ色とりどりの駄菓子たち。引き戸のすぐそばには大きな冷凍用のショーケースがあって、そのガラスの向こうにアイスのパッケージが見えていた。

「お久しぶりです」

「……おや、今日はお友達も一緒なんだねぇ」

私の後ろで、例のごとく店内を見まわしまくっている颯を見て、おばあちゃんは目を細めた。

すると、私たちの会話を聞いていた子供たちが、突然騒ぎ始めた。

「おい、あれ絶対、理央のカレシだぞ」

「カレシ！　カレシ！」

「理央がカレシつくってるー！」

何がそんなに面白いのか、男子小学生の集団は、私たちを見て笑い転げ始めた。

「……彼氏じゃないから」

この店の常連である彼らとは、展覧会のためにこの店に通っていたおかげで、すっかり顔馴染みだ。気安く話しかけられるのも普段は気にしないのだけれど、今回ばかりは内容が内容だけに返す声色が低くなる。子供……特に小学生の男子なんかは、こういうとき、うるさくてかなわない。当の颯は、子供たちの言葉に特に気にした様子もなく、いつも通り明るく笑っていた。

「あはは。そー見える？　俺ら」

「見えるー！」

「……ちょっと、颯」

「うわ、理央が照れてる！」

「キモッ！」

全く照れていないのに、小学生にそんな暴言を吐かれるいわれはないと思う。私がムスッとして無言で子供たちを睨んでいると、颯が何かに気づいたように「おっ」と声を上げた。

「なんのゲームしてんの？」

彼は、小学生たちが手に持っているゲーム機を見ていた。最近の子供は、外には出るものの大体手にあるのはゲーム機だ。私が彼らくらいのときは、まだもう少し健全な遊びをしていた気がするのだけれど。

　なんとなく時代の流れを感じていると、ひとりの男の子のゲーム機の画面をのぞき込んだ颯が、「あ、これ俺もやってる！」と言った。

「マジで!?　にーちゃんコレ知ってんの!?」

「知ってる知ってる！　今やってるし！」

「へー！　にーちゃんどこまで進んでるの？　オレね、ここのボス戦がむずかしくて……」

「あー、ここはな、アイテムで……」

　と、気づけば彼は、小学生たちと、ゲームソフトの話で盛り上がっていた。颯を中心に集まった男の子たちが、ああでもないこうでもないと言いながらゲーム機の画面を見つめている。会話に入っていけないので黙っていると、カウンターでにこにこしているおばあちゃんと目が合った。

「今日は賑やかだねえ、理央ちゃん」

「……そうですね」

　嬉しそうに笑うおばあちゃんを見て、思わず私も笑いがこぼれた。

　颯が何かを言うと、子供たちは耳をすませる。そして次の瞬間には、みんなで笑い合っている。私はその様子を見て、目を細めた。

颯。君は本当にすごいひとだ。どこに行ってもひとを惹きつけ、笑顔を生み出してしまう。瞬く間にその世界の中心に立って、周りを動かしてしまう。私にはできないことを簡単にやってのける君が羨ましくて、眩しくて、妬ましくて。

……だからこそ私の目には、君だけがこんなにも色鮮やかに見えるのだろう。だって、無意識に決定してしまいたくなるんだ。颯を、この世界の、あるいは一枚の絵の、主役にすることを。彼をまんなかにして、すべてを構成させることを。そう思わせるのは間違いなく、颯の存在そのものだ。

数ヵ月前、私はこの店の絵を描いた。キャストは今とほとんど変わらない。店主のおばあちゃんと、子供たち。だけど颯が加わった今、目の前の駄菓子屋の店内は、ようやく足りないものが補われて完成した絵画のように、私の目に映った。

それから少しして、私と颯は駄菓子屋でアイスを買った。どこにでもある、ソーダ味の安いやつだ。でも颯は嬉しそうに口に含んでは、「美味い」と言って笑った。

アイスを食べながら外のベンチに座っていると、すっかり颯になついた子供たちがまた颯を囲み始めた。

「なあなあ、にーちゃん、ここさぁ」

「オレのも見て！　これ！　これ！」

ゲーム画面を指差しながら、彼らは必死に颯に話しかけている。颯はやっぱりやさしく笑って、ひとりずつ丁寧に答えてあげていた。

隣でそれを見ていると、ふいに子供のひとりに話しかけられた。

「なーなー、理央」

「何?」

「あのにーちゃん、名前なんていうの」

教えてなかったのか。こんなになつかれているのに……と隣の彼に呆れながらも、

「ソウ」と答えた。

「『ソウ』?」

「うん」

「ソウ……へー、かっけえ名前!」

男の子は瞳を輝かせる。確かにあまり聞かないし、響きも爽やかな名前だと私も思う。

「だってさ、颯」

自分の話をしていると気づいていたのだろう。横を向くと、案の定颯はこちらを見ていた。私と目が合うと、照れたように目をそらす。

「かっこいいんだって」

「……あ、ああ。サンキュ」

「よかったね」

「……理央はそう思ってくんないの？」

「思ってるよ」

間を空けずに答えると、私は前を向いて目を閉じた。

ひゅう、と風が吹く。梅雨前の、少しだけ湿ったやわらかな風だ。

唇だけを動かして、彼の名前を呼ぶ。するとじんわりと、私の心に何かが広がる。

「〝颯〟」

「……颯って呼ぶと、私はなんでか落ち着くよ。ホッとする。理由はわかんないけど、初めからこうだった」

彼の名前を呼ぶと、安心する。同時になぜだか切なくなるけれど。理由はわからない。彼の姿を初めて見たときから密かにずっと、私の中には違和感が横たわっている。他にも、彼の身体の一部が透けて見えたこと。彼の存在を、私はつい最近まで知らなかったこと。

自分の颯に対する気持ちも、時折わからなくなることがある。理由を知りたい。それはどこかにある気はしている。だけど知りたくないという気持ちもあった。知ったら、きっと私は、彼がもうすぐどこかへ行ってしまうという事実から、逃げたくなってしまうだろうから。

目を開けて、視線だけ横に動かすと、颯は驚いた顔をして私を見ていた。

「……どうしたの。気を悪くさせたんなら、謝るけど」

「いや……いや。うん、なんでもないんだ。……ありがとう」

颯にしては珍しく、動揺した様子で首を横に振った。

そして次に彼は笑うこともせず、戸惑う私を強い瞳でまっすぐに見つめた。

「……理央。あのさ……」

「見つめ合ってるー！」

「ヒュー！」

ずっと黙っていた子供たちが一斉に騒ぎ始めて、颯の声を遮った。

「………」

颯の顔が一気に脱力する。私は子供たちに呆れた顔を向けながら、ため息をついた。

「……今、颯がしゃべってたでしょ」

「なんだよー、キスしそーなくらい見つめ合ってたくせに」

「キ……っ」

突拍子もないことを言われて、思わず立ち上がった。ませた小学生たちは、ニヤニヤしながら私を見上げてくる。キスしそうってなんだ。明らかにそんな甘い雰囲気じゃなかったでしょう！

ふいっと顔をそらして、ベンチから離れた。颯はそんな私を見て、苦笑いしていた。

するると、私が座っていたところにすかさず男の子がひとり座って、颯に話しかける。

それがなんだか面白くて、私は小さく笑った。

子供たちの笑顔の中心、太陽が光る。古びた駄菓子屋の建物、ところどころ掠れたポスター。昼下がりの晴れた青い空、やわらかな陽射しが彼らを包む。そばの木々がゆらゆらと揺れて、時折、颯に灰色の影をかぶせていた。

……あ。今だ、と思った。

すぐにトートバッグを肩から下ろして、中から画用紙と画材一式をコンクリートの上に広げる。ペットボトルに入れていた水をバケツの中に入れて、筆を用意する。それからシャーペンと画用紙を持った。

「……うお。いきなりだな、理央」

その場に座り込んだ私が今から何をするのか気づいたのか、颯がこちらを向いて驚いた顔をした。

「ごめん、描きたくなった」

「いいけど……俺はなんかポーズとった方がいい？」

「ううん。何もしないで、普通にしてて」

「わ、わかった」

自然体を描きたい。あくまで日常のワンシーンを描きたいんだ。

「えっ、理央、絵描くの!?」

シャーペンを走らせ始めたところで、子供たちも気づき始めた。私は頷いて、「あなたたちも描いていい？」と尋ねた。

「オレたちも描いてくれんの!?」

「うん。いい？」

「やったー！　理央、絵、上手いもんな！　前に友達が理央に描いてもらったって言ってて、いいなって思ってたんだ〜」

この子が言っているのは、この店を描いたときに、登場人物になってくれた子供たちのことだろう。この店には実際の店内の様子を見て描くために通っていたけれど、人物は構図を決めたときに写真を撮って、それを参考に描いていたから、構図を決める際にたまたま来店していた子供たちをそのまま描くことになったのだ。この男の子は、写真を撮った際に、自分がその場にいなかったことをずっと悔しがっていたらしい。

「ありがと。じゃあ遠慮なく描かせてもらうけど、こっちのことはあまり気にしないで、好きなようにしてて」

「はーい」

元気のいい返事をして、小学生たちはまたゲームの話で颯と盛り上がり始めた。私は右手を動かしながら、心が暖かくなるのを感じた。

ああ、いいな。やさしい空間だ。ひだまりのように暖かく、淡く、やさしい。下地は黄とオレンジ。水を多く含ませて、にじませる。見た人の心がぽかぽかして元気になるような、そんな絵にしよう。

「じゃあな、理央と颯！」

「バイバーイ！」

約一時間後、子供たちは機嫌よく駄菓子屋を去っていった。

「おー、気をつけて帰れよー」

颯が大きく手を振って見送る。私も軽く手を振って、小さな背中たちが見えなくなるのを待った。

「はー……。小学生って、元気だな」

少しして、颯が苦笑いしながらため息をついた。彼はほぼずっと相手をしていたし、疲れたのだろう。

「颯、すごいなつかれてたもんね」

「はは。まあ、子供は好きだからいいけど」

「疲れた？」

「ほどほどにな。つーか理央、絵、見せてよ」

地面に置いたままの絵を拾い上げて、颯が目の前に掲げた。

彼は目を細める。慈しむようなその視線に、まるで私が見られているかのように思えて、少し心がざわついた。

「やっぱ上手いなあ、理央」

「……ありがと」

気恥ずかしくて、颯の方は見られなかった。

それから広げていた画材たちを片づけて、店主のおばあちゃんに挨拶して、駄菓子屋を出た。

日も暮れていない、まだ帰るには早い時間。私たちはひとまず町の方へ歩き始めた。

いまだ照りつける太陽の下、颯が私の二歩前を歩く。坂道を下り始めると、普段は見えない彼の頭のつむじが見えた。

しばらくお互いに無言で坂を下った。颯はときどき周りの景色を見まわしては、目を細めていた。

そして坂が終わり、平坦な道に足を踏み出したとき、颯の横顔がぽつりと呟いた。

「……もーすぐ、夏が来るなあ」

もうすっかり色づいた緑たちが、さわさわと風に揺れる。やさしい陽射しが、鼻先から彼に注がれる。やわらかそうなその前髪が、白い肌に影を落としていた。

──綺麗で、今にも消えてしまいそうで。

颯の横顔はやっぱりすべてをあきらめたかのような、悲しみも何もない、穏やかな表情をしていた。長いまつげがゆっくりと伏せられて、切れ長の大きな瞳が静かに閉じられる。

たくさんのひとを笑顔にしてきた彼は今、こんなにも落ち着いた顔つきで、ゆっくりとそのときを待っていた。みんなとお別れする、夏の終わりを。彼は抗うこともせず、ただゆったりと待ち続けている。私はそれがもどかしくて、だけど自分には何もできないことも知っていて。抵抗することもあきらめて笑い続ける颯は痛々しくて、私は目をそらしてしまいたくなった。

だけど私が目をそらしたら、きっと彼は今度こそ、消えてしまうようにも思う。明るい笑顔の中にある、あの苦しげな表情や、見ているこちらが泣きたくなるほど、切なくて可愛い笑顔とか。みんなの世界のまんなかにいる彼の、本当の心。ひとを笑顔にするためのものじゃない、颯の弱い部分が、消えてしまうと思った。きっとそれを知っているのは私だけだから、必死に、彼の姿から目をそらさないように。

そのとき強い風が吹いて、思わず目を閉じた。再び目を開けたとき、私は呼吸を忘れた。

　消えた。

　颯がいない。さっきまでそこにいたのに。私の目の前にいたはずの颯が、いない。

視界に広がっているのは、見慣れた田舎町の景色だけ。大切なものが抜け落ちた目の前の絵画は、ただの味気ない風景画でしかなくて。

「颯!!」

　涙声で、名前を呼んだ。左右を見る。後ろを振り返る。だけどいない。颯はいない。どこにもいない。なんで、どうして。さっきまでいたのに。消えないように、どこにも行ってしまわないように、私は今日ずっと、彼の近くにいたのに。

　前に見た、彼の透けた身体の一部を思い出して、焦りが増した。今度こそ本当に、消えたっていうのか。透明になっているだけ？　どうして見えなくなるんだ。私の目の前で、消えてしまうんだ。

「……っ颯、颯!!　いるなら返事して、ちゃんと声出して！」

　怖い、怖い。突然いなくなるなんて、聞いてない。

　まだ微かに吹いている風が、私の髪を揺らす。わからないことはたくさんあった。知るのは怖い。だけど今は何より、颯が突然いなくなることの方が怖い。

「見えないの、ねえ、今、あんたのこと私、見えないんだよ！　あんたは気づいてないのかもしれないけど、お願いだから、声出して！」

颯は、自分の透けた身体の一部に、気がついていなかった。痛みとか違和感とか、そういうものが全くないのかもしれない。それはそれで恐ろしい。颯すら気づかないうちに、私の前から消えてしまったら。

——そんなの本当に、冗談じゃない。

「……颯。お願い、返事して……」

見開いた瞳から、涙がぼろぼろとこぼれた。視界が歪んで、使い物にならない。うつむいて涙を拭う。

……颯、颯。

「返事して、颯!!」

「理央！」

その瞬間、視界が一気にクリアになった。私の目には灰色のコンクリートと、爪先がこちらを向いた、白いスニーカーが映っている。両腕は気づけば、力強い手のひらにつかまれていた。

ゆっくりと、顔を上げる。息を切らして焦った顔をした颯が、私を見下ろしていた。

「……理央。大丈夫、俺はここにいるよ」

「…………」

「まだ、ここにいる」

「……颯？　本当に、颯？」

思わず手を伸ばして、その頬に触れた。ちゃんと暖かい。幻じゃない。それを確認して、また涙が出た。颯はつらそうに眉を寄せる。

彼は落ち着いた声で、「ごめん」と言った。

「……すぐ返事できなくて、ごめん」

「……なんで、消えたの……？」

私は、謝ってほしいんじゃない。ねえ、なんで消えたの。わかってるの？　自分が消えたこと。

いつのまにか風はやんでいて、私の鼻をすする音だけが、耳に入ってくる。颯は目を伏せて、唇を噛んだ。そして静かに、「消えてないよ」と言う。

「俺はずっと、理央の目の前にいたよ」

「嘘!!」

大声を出して否定した私を、颯は驚いた顔で見てくる。

なんだ、やっぱり私の目がおかしいっていうのか。でも確かに消えたんだ。私はこの目で見たんだ。もう目の調子が悪いのかもしれないなんて思えない。思わない。颯がずっと私の目の前にいたんだとしても、確かにさっき、颯の姿は透明になっていた。

「颯は気づいてないのかもしれないけど、本当に消えたの！　今までだって、身体の一部が透けてて、だけど颯は気づいてなくて、私……っ」

「……理央、ちょっと落ち着いて」

「落ち着けるわけないでしょ!?　消えたんだよ、颯、わかってるの？　自分の身体が消えたんだよ！」

いくら言っても、颯は困惑した顔をするだけだ。だけどその目は私を疑うものではなくて、ただひたすらに困っているようだった。つらそうな感情が表情に見え隠れしているということは、心当たりがあるのかもしれない。

「ねえ、颯！　原因がわかってるなら、教えてよ」

「……わかんないよ、俺には。消えたって実感もないのに」

颯は私の腕から手を離して、自分の手のひらを動かす。

眉を寄せて、彼はそれを見ていた。

「じゃあ、私の話が嘘だと思ってる？　私の目が、おかしいと思う……？」

「……うん。理央の話は信じるよ。第一、そんな嘘つく必要ないしね。……俺は何度も理央の名前を呼んでたけど、届かなかったみたいだし」

「………………」

声も、消えていたのか。突然泣き叫んで彼を呼び始めた私に、どうすることもできなかった颯も、きっと困っただろう。

「……そう、だったんだ」

もう、何もわからない。颯本人がわかっていないのだから、私にわかるはずもない。

「…………」

私たちの間に、沈黙が落ちる。泣き疲れた私の頭は冷静さを取り戻しながら、どこかこれを現実と思えていない自分がいることに気づいた。だって、普通あり得るだろうか。人間の身体が、突然、透明になるなんて。

「……夢なら、早く覚めて」

ぽつりと、呟いた。その言葉は颯の耳にも届き、彼の表情を一層つらくさせた。

「いきなりいなくなるのだけは、やめて。消えないで……お別れは、ちゃんとさせて」

「……うん。約束する」

颯の手が、私の手に絡まる。その指は細く白く、頼りなさげに見えたけれど、それでも彼は力強く、私の手を握った。彼の低い体温が、私の熱を奪う。

……このひとの笑顔はいつも暖かいのに、手のひらはいつも冷たいな、なんて、どうでもいいことをぼんやりと思った。

# 君にはわからない

あれから、颯は苦い顔をして『今日はもう帰るよ』と言った。私がずっと呆然としていたというのもあるだろうし、彼自身が混乱していたというのもあるだろう。

颯は私を家まで送ると、やっぱり最後は笑顔で『また明日ね』と言った。

『……うん。また明日』

いつもの〝また明日〟だけれど、今日の〝また明日〟は少し違う。ちゃんと明日も、彼は学校に来る。会うことができる。そのことを暗に含んで、颯は言ったのだと思う。私を安心させるために。

颯が駅へと歩いていって、私も家の中へ入った。まっすぐ二階へ上がり、自分の部屋に入って、またぼうっとした。

なんで颯の身体は、透明になるんだろう。

なんで颯自身は、そのことに気づけないんだろう。

同じ疑問が頭の中をぐるぐるとまわる。身体が透けるなんて、まるでファンタジーの物語のようだ。やっぱりこれは、夢なんじゃないかと思えてくる。だけど夢にしてはあまりにリアルで、私はこれが夢ではないことも、同時にちゃんと理解していた。

そして何より不可解なのは……透明になった颯の身体を見ているのは、恐らく私だけだということだ。

ひとの身体が透けるなんてあり得ないこと、実際に目にしたら落ち着いてなんかいられないだろう。颯と知り合って約一ヶ月、私は三度彼が透明になるのを見た。だけど学校の男子たちは、私よりずっと長く颯といるはずで。この短期間にこの頻度で透明になるなら、当然彼らだって颯の身体が透明になったのを見たことがあるはずだ。なのに、少しも噂にならない。

なぜ？

——私だけに、透明に見えているから。

そう考えると、やっぱり私の目がおかしいだけなのでは、と思えてくる。颯は私の話を信じてくれると言ったけれど、本当に私の話は真実なのだろうか。私だけ、おかしな幻を見ているのではないか。考えれば考えるほど、自分の目が信じられなくなった。怖くなってまた泣いた。泣き疲れると、そのままベッドに入って寝た。

おかしいな。今日は、すごく楽しい一日だったはずなのに。颯はずっと笑っていて、私はそれを描くことができて。……楽しかった、はずなのにな。

＊

翌日の朝は、憂鬱だった。痛む頭を起こしてベッドから起き上がり、階段を下りる。

リビングに入ると、お母さんが朝食の準備をしながらこちらを向いた。

「おはよう、理央。昨日は早くから寝てたみたいだけど、大丈夫？　朝ごはんは食べられる？」

食欲はなかったけれど、夕飯を抜いたせいで胃は空っぽだったから、頷いて席についた。お父さんは今朝は早くに家を出たらしく、いなかった。妹はまだ寝ているみたいだ。中学はこの町にあるから、彼女はまだ寝ていても余裕がある。

やがてお母さんも席について、ふたりで朝食を食べ始めた。テレビでは朝のニュース番組をやっていて、政治とか事件とか、平凡な家庭の高校生には途方もない話題が、延々と流れていた。

「あら、殺人事件ですって……怖いわねえ。理央、あんまり夜遅くに帰るのはやめなさいね」

「……うん」

「ああそう、そういえば。昨日ね、おじいちゃんから電話があったの。たまには顔を見せに来なさいって。おじいちゃんが入院してたのは何年も前の話だし、今はまだ元気だけど、行けるときに顔を見せた方が……」

お母さんはそれからもずっと話していたけれど、私の耳にはあまり入ってこなかった。適当に「うん」と頷いていただけだった気がする。内容はちっとも頭に残っていない。考えるのは、颯のことばかりだ。

学校では、努めて気丈に過ごした。廊下なんかで見かける颯は、やっぱりいつも通りひとに囲まれて笑っていて、少し腹が立った。私だけがこんなに悩んでいるみたいだ。当事者は颯なのに。

なんだか馬鹿らしくなってきて、昼休み頃には颯のことを考えるのはやめていた。

「それでね、お兄ちゃんがね、ひどいんだよー！　お前は勉強したってムダだって言うの！　超ムカつく！　だからあたし、次のテストは頑張るって決めたの！」

今日も眞子とお弁当を食べながら、彼女の話を聞く。

眞子はさっきからお兄さんの話ばかりしている。可愛らしく頬を膨らませているけれど、あまり怒っているという感じはしない。彼女の話はなんというか平和で、聞いているだけで穏やかな気持ちになれた。

「ちょっとトイレ行ってくるね」

「はーい」

眞子にひと言断って、席を立った。

何も考えずに廊下を歩いて、トイレへ向かう。

けれど、中から女子の話し声が聞こえて、私は足を止めた。

「だからさ、一緒に歩いてたんだって！　颯と中野さんが！」

……え。

ドク、と心臓が跳ねる。背中は冷や汗をかき始めた。その場から動くことができない。

「中野さんって……あー、三組のあの地味な子でしょ？　うそぉ、絶対、颯と合わないじゃん」

「でも友達が駅で見たって言ってんの！　最近、放課後になったら、いつも颯が美術室に行ってるらしいし」

「えー！　マジで⁉　付き合ってんの⁉」

彼女たちの会話が、私の頭の中を駆け巡る。

見られてた……昨日のこと。きっと、駅に私が颯を迎えに行ったときだ。私の地元からこの高校に通っているひとが少ないから、油断していた。

「えー、ショックなんだけど。中野さんって、絵が上手いくらいで、あとはフツーじゃん。てか地味。そんなに可愛くもないし」

「だよねえ？　颯とつり合ってない。絶対颯が気まぐれでかまってあげてるだけだよ」

理不尽な言われように、胸の奥がじくじくと痛む。

なんで私がこんなこと言われなきゃいけないんだ。自分が地味なことはわかっている。絵くらいしか取り柄がないことも。そんなこと他人に言われなくたって、私がいちばん知ってるよ。颯と仲よくしたから？　だから今さら、こんなこと言われなきゃいけないの？

「颯、やさしいしね。ちょっと変わってるとこあるけど」

「そこがいいんだけどね。あー、早く別れてくんないかな。みんなの颯なんだから、誰かに独り占めされるとか絶対イヤ」

ぎゅ、と手のひらを握りしめた。さっと踵を返して、そのまま教室へも戻らずに階段を駆け下りる。泣くもんか。こんなの、どうということはない。地味だなんて、今までも嫌というほど言われてきた。だけど私は、絵に全力を注ぐ自分が好きだったし、誇らしく思っていたから。だから、気にしなかったのに。

「…………」

誰もいない裏庭前の渡り廊下で、ゆっくりと立ち止まった。するとじわりと涙が出てきて、慌てて袖で拭う。ダメだ、昨日から涙腺が弱くなってる。

私が悪いの？　私が地味だから、颯と仲よくする資格がないって？　違うでしょう？

きっと颯は、私が地味でも派手でも、あの絵を描いた私なら、仲よくしてくれただろう。気まぐれなんかじゃない。わかってる。颯のことを理解していないのは、あの子たちの方だ。わかってる。わかってる。だけど……なんで私だけがあんな風に言われなきゃいけないんだって思ってしまうのは、仕方ないと思うんだ。

光が輝けば輝くほど、影は濃くなる。颯がみんなに好かれれば好かれるほど、一緒にいる私は妬まれる。颯は悪くない。だけど腹が立つ。

前もそうだった。まだ他の生徒がたくさんいる放課後に、彼は私に声をかけた。無邪気な笑顔で、周りの空気の変化なんかには、なんにも気づかずに。

颯はいい意味でも悪い意味でも、純粋だ。ひとがいい。綺麗で、透明で、やさしい。自分が太陽であることにも気づかずに、周りを照らしている。そして影をつくる。そんな颯が羨ましくて、同時にムカついた。

涙はそれ以上あふれなかったけれど、私の心にぽたぽたと、水溜まりができていった。


放課後、いつものように美術室へ行くと、先輩の姿はなかった。あとで来るのか、今日はもう来ないのか、わからないけれど。もし颯が来たとしたら、ふたりきりになってしまう。昨日の今日で、どんな顔をして会えばいいのだろう。

颯は、いつも通りに声をかけてくるかもしれない。何事もなかったかのように。そうしてくれた方が、私もやりやすいのかもしれないけれど。

「…………」

机に荷物を置いて、ふと顔を上げる。見えるのは、見慣れた美術室の風景。なんら
おかしなところはない。普通の美術室に見える。……私の目は、正常だ。

今日一日、びくびくしながら他人の姿を見た。当然ながら、身体が透けて見えるひ
となんていなかった。私の目は正常だ。異常なのは……たぶん、颯の方。私はその異
常を唯一見ることができる、ということなのだろう。

颯の身体が、透ける。透明になる。どうして……？

「こんちはーす」

そこで元気のいい声と共に、ガラガラとドアが開けられる音がした。

「……あ」

目が合う。その瞬間、颯は思っていた通りやさしく笑った。

そして、ガバッと頭を下げた。

「ごめん!!」

「……え」

予想外のことをされて戸惑う私にかまわず、颯は頭を下げたまま続けた。

「昨日……いろいろ、不安にさせて。俺も動揺してて大したフォローもできなくて、

ほんとごめん！　理央の目がおかしいんじゃないから、そこは安心して」

「…………」

私は驚いて、何も言えなかった。颯も考えていたのか、私の顔を見るなり、まず謝罪だなんて。なんだか気が抜けて、「……いいよ」とひと言返した。

「顔、上げて。颯」

ゆっくりと、顔が上げられる。そこには先ほどのやさしい笑顔は消えていた。彼は唇を噛んで、思い詰めたような表情をしている。まるで、叱られるのを待つ子供みたいだ。

「……もう、いいよ。私は大丈夫だから。それより、颯の方が心配だよ」

「…………」

原因がなんなのか心当たりがあるなら、ちゃんとそれを突き止めて、解決しなければ。身体が透けるようになった原因だなんて、どう考えても非科学的な何かとしか思えないけれど、もはや何が起ころうと不思議じゃない気がした。私はこの目で、まさにその非科学的な現象を見たのだから。

「……理央、あのさ。そのこと、なんだけど」

颯は目を伏せて、迷うような顔をした。そして一度ぎゅっと目を閉じると、再び私を見た。

「俺の身体が……消えたり、とか。これからもたぶん、あると思う。俺にはどうすることもできないんだ。でもそれは一瞬だけで、いきなり理央の前からいなくなったりはしない。絶対」

　これからも……。

　私はその度に、寿命を縮める思いをしなきゃいけないのか。できればあんなのもう二度と体験したくないのだけれど、どうしようもないなら仕方ない。

　ただ。

「……原因は、わかってるの？」

　颯は、無言で頷く。私は何かを言おうと口を開いて、やめた。心の中が、もやもやする。

「……私には教えてくれないの。それ」

　颯の目が見開かれる。ハッとした顔をして、彼は私を見た。

　それをじっと見つめ返す。颯はつらそうに眉を寄せて、首を横に振った。

「ごめん。言えない」

　思わず詰め寄りたくなるのを、必死にこらえた。手のひらを握りしめて、喉の奥から声を絞り出す。

「……わかった」

こんなものか。

私と彼の関係は、この程度のものかと思った。颯は何か、秘密を抱えている。私はそれに巻き込まれたに過ぎない。だけど、あんな思いをしたのに、怖くて怖くて、たまらなかったのに。教えてくれないのか、それを。私にできることはないのかもしれないけれど、知ることすら許してくれないのか。

……当たり前か。たった一ヶ月しか、私は彼と過ごしていない。私は彼にとって、秘密を共有できるような存在じゃないんだ。友達の多い颯にとっては、私と過ごした一ヶ月なんて、些細なものだろう。彼にはもっと、大切なひとたちがいる。たくさん友達がいて、大事にしたいものがまだまだある。私とは違う。狭い世界で、数少ない大事なものを必死にかき集めて生きている私とは、違う。

ふと、昼休みに聞いた、女子たちの会話を思い出した。

『颯とつり合ってない。絶対颯が気まぐれでかまってあげてるだけだよ』

なんだか馬鹿みたいだ。そんな言葉に泣いてしまった、私が馬鹿みたいだ。

気まぐれで、颯が私にかまっているわけではないことは、私もわかっている。だけど颯は気づいていない。自分が太陽であることにすら気づかず、無意識につくってしまった陰で、泣いている私にも気づかない。……そう思ったら、なんだか笑いがこぼれた。

「付き合ってるって、思われてるらしいよ」

出てきた声は、予想以上に冷たいものだった。

脈絡なく言われた言葉に、颯が「え？」と問い返す。私は短く「私たち」と言った。

「昨日、学校の子に見られてたんだって。一緒にいるとこ。それで、一部の子に私たちが付き合ってるって思われてるよ」

「………」

「早く否定した方がいいよ、颯。嫌でしょう」

颯は、困った顔をするだけだ。そもそも、こんな話を聞いたのも初めてだろう。

何を言おうか迷っている。言葉を選ぼうとしている。私が傷つかないように。肯定か否定か、どちらを言えば私が気分を悪くしないのか。

……そんな彼にも苛立ってしまう私は、本当に心が狭いと思う。

「……これ以上一緒にいると、もっと誤解されるかもね」

そう言った途端、彼は焦った顔をして、「理央」と言った。

「どうしたんだよ、いきなり。あんなことがあったから、俺といるのが嫌になった？ならハッキリそう言えよ」

「……違う。颯に迷惑かけるのが嫌なの」

「理央の気持ちを訊いてんの！」

私の気持ち？

颯と一緒にいるのが、嫌かって？

……そんなの、わかるでしょう？

「颯といるのは嫌じゃない。ただ、颯は私と一緒にいて、付き合ってるとか誤解されるの嫌でしょ？」

「そんなのどうでもいいよ。勘違いする奴にはさせとけばいいじゃん」

「私はよくない！」

声を荒らげた私に、颯は驚いた顔をした。また、じわじわと瞳に涙が溜まる。

よくない。颯はよくても、私はよくない。私みたいな奴には、些細な問題がすごく大きく影響するんだ。問題になる前に、それを揉み消すだけの力もない。だから、できるだけ目立たないように、他人を傷つけず、自分も傷つかないように。必死に警戒して、大事なものだけ守りきれるよう、生きてきたんだ。颯はもうすぐいなくなるのに、残された私はどうなるの？

「……颯には、わからないよ。私の気持ちなんか」

涙がこぼれるのは、意地でも我慢した。そうしたら、声が震えた。喉も痛かった。

颯の顔が見られなくて、うつむいた。

本当に私は、どうしようもない奴だ。弱くて情けなくて、面倒くさい奴だ。こんなにも明るい太陽を前にすると、眩しくて眩しくて、目も開けていられなくなる。

「誰からも好かれる颯には、わからない」

私の声は静まり返った室内に、じわりと響いた。

わからない。颯には、わからない。他人に愛される才能を持った彼には、私の気持ちなんかわからない。

いつだって、羨ましかった。無邪気で、純粋で、ひとを笑顔にする天才で。それでいて、そのことにも気づいていない。自分が特別だって気づかずに振る舞うものだから、腹が立った。無意識に、無差別に容赦なく光を放って、周りも照らして。私みたいな小さな星は、突然自分に照らされた光に、振りまわされてばかりだ。

颯は自分の大事なものを中心にして生きていきたいと言うけれど、そんなのわがままだ。私だって、自分がいるところが中心だって思いたい。少なくとも、私が大事にしたいものだけを大事にして、生きていきたい。だけどそれすら難しいんだから、もうどうしようもないじゃないか。

潤んだ目を見られたくなくて、うつむく。颯は少しの間、黙っていた。沈黙が美術室を埋める。いつのまにか日は暮れかけていて、白い壁がオレンジ色に染まっていた。

「……理央」

颯がぽつりと呟いた。

「誰からも好かれてる人間なんて、いないよ」

ハッとして、顔を上げる。彼は悲しそうな顔をして、まっすぐ私を見ていた。

「…………」

「絶対誰からも嫌われてない人間なんかいないんだよ。俺も、理央も、みんなも」

言い聞かせるようでいて、淡々と事実を述べているようにも見えた。

誰からも愛されるひとなんか、いない。私だってわかってる。でもわかりたくない。

それは希望にもなるし、絶望にもなる事実だからだ。

颯はその絶望を、知っているの？

そしてそれを、受け止めているの？

「…………」

心の中が、混乱した。ぐちゃぐちゃになりそうだった。

私が取り乱しても、彼は冷静だ。いつもそうだ。颯はいつだってまっすぐ、綺麗で、
私は情けなくて。

途端に、さっきまでの自分を嫌悪した。いろんな感情が渦を巻いて、この場から逃げ出したくなった。颯に対する怒り、愛しさ、もどかしさ、切なさ。そして、そんな颯を前にして、弱くしかなれない私の馬鹿さ。

「……俺、今日は帰るよ」

私が思い詰めた顔をしていたからだろう。彼は小さく笑って、そう言った。

「……あの、颯」

「じゃーね、理央。また明日」

へらりと笑って、颯はこちらに軽く手を振る。私は何を言ったらいいのかわからず、どうすることもできなかった。

彼が去ったあとの美術室で、私はしばらく呆然としていた。

『誰からも好かれてる人間なんて、いないよ』

颯は、知ってるの？　そのことを。いつも中心で笑って、みんなを笑顔にしている颯が。無邪気で、純粋で、人間の薄暗い部分なんてちっとも知らないような、まっしろの彼が。まっくろな絶望を知っているの？

「…………」

すとん、と近くの椅子に座った。

おもむろに鞄から筆箱とノートを取り出す。私は無言でシャーペンを紙の上に走らせ始めた。

私が描く、颯。記憶に残っている颯は、いつも笑っている。楽しそうに、ときに切なそうに。ノートの上に描かれた颯は、快活に笑っていた。

……この、笑顔を。彼はいつもどんな思いで、浮かべていたのだろう。

## まっすぐでいること

次の日、また廊下で何度か颯を見かけた。彼はいつも通り、友達に囲まれて笑っていた。

「……ねえ、眞子」

移動教室の途中、颯の後ろ姿を眺めながら、隣を歩く眞子に話しかけた。

「橋倉颯ってさ、誰かに対して怒ったり、意地悪したりしたこと、あるのかな」

私の目に映る颯は、今日も、昨日も、その前も、ずっと笑っている。

私の突然の質問に、眞子は首をかしげた。

「どうしたの、いきなり。なんか前も理央ちゃん、橋倉くんのこと聞いてきたよね。好きなの？」

好き？

どうだろう。

好きなのかな。私は、颯が。

こんなにも惹かれて、気になってしまうのは、好きだから？

「……わからない。ただなんか、気になるの。どうしても」

私の颯に対する感情は、友情とか恋心とか、ひと言では表しきれないと思う。ぐちゃぐちゃで、いろんな色が入り混じった感情だ。決して綺麗な絵にはならない。だからこそまっさらな颯に憧れた。はず、だった。

颯の背中を一心に見つめる私を見て、眞子は不思議そうな顔をしながらも、質問に答えてくれた。

「……どうだろうねえ。でも橋倉くんは、結構いつも笑ってるよね。誰かとケンカしたとか、そういう話も聞かないし」

ああ、やっぱりそうなのか。私の目に映る颯が特別なわけじゃない。颯は本当に、いつも笑ってるんだ。

「……そっか。わかった、ありがとう」

眞子は相変わらず納得のいかない顔をして、私を見ていた。

掃除の時間、ゴミ袋を抱えてゴミ収集の場所へ向かって歩いていた。校内はほうきやちりとりを持って掃除したり、しゃべったりしている生徒であふれていて、その間を縫うように歩いて進む。やがてひとのいない収集場所にゴミ袋を置いて息をついたとき、近くから数人の男子の声がした。

「……それで、颯がさぁ……」

颯？

その場に颯がいるのかと思ったが、どうやら違うようだ。近いけれど私からは見えない位置にいるらしい彼らは、颯のいない場で颯の話をしていた。

「……で、俺らの中でちょっとゲームしててさ。負けた奴に罰ゲームさせようってなったんだよ。だから、俺がちょっとふざけて言ったんだ。『負けた奴は、室井に告白』って。ほら、うちのクラスにいる、あの地味眼鏡の女子だよ。そしたら颯、いきなり真面目な顔して、『室井さん巻き込む必要はないだろ』とか言うんだよ。わかってるっつの！　ガチで返すなよって思わねぇ？」

「あー、あいつそーゆーとこあるもんなぁ」

「悪気がねぇのはわかるんだけど、ちょっとイラッとする」

「わかる。あいつ、ときどきその場の流れをぶったぎってくときあるよな。流れに身を任せとけば楽なときでも、そんなんおかまいなしって感じだし。ちょっとは周りに合わせろっつの」

……颯が他人に陰口を言われているところなんて、初めて聞いた。なんだか信じられなくて、すぐに彼らの話を受け止められなかった。

「ちょっと空気読めねぇとこあるよな、颯」

彼らの声は、それきり聞こえなくなった。だけど私は、その場からしばらく動けなかった。

……颯は、人をよく見ていると思う。だけどときどき、周りが見えなくなる。自分の周りに漂う空気に気づかず、自分の気持ちに正直に振る舞ってしまうことがある。自分学校の中に存在するヒエラルキーだとか、奇妙な同調意識だとか、そんなものを意識していないみたいだ。

私はそんな颯に腹を立てたことがある。だけど、好ましく思う自分もいる。自由で純粋で、ある意味どこか俗的なものから脱している彼は綺麗で、私はそこに惹かれていた。自分が太陽であることを自覚していないというのは、彼の魅力でもある。ひと言で、長所だとか短所だとか言える面ではない。

だけど、そんな颯に腹を立てているのは、私みたいなひねくれた人間だけだと思っていた。やさしくて人気者の彼を素直に受け入れられない私は醜くて、彼を囲って笑うみんなが正しいのだと。

……実際は、違う？　みんなに愛されているように見えた颯でも、実は他人からしかめた顔を向けられることはあって。

『絶対誰からも嫌われてない人間なんかいないんだよ。俺も、理央も、みんなも』

それを、颯もわかっている……？

「…………」

私は、呆然とした。私の中で勝手に築いていた橋倉颯という人物像が、音を立てて崩れていく。彼は、いつも笑っていた。それは間違いじゃない。だけど、それはすべて心からの笑顔だったんだろうか。本当に颯は、いつも笑いたくて笑っていたんだろうか。学校という空間の息苦しさなんて、彼はなんにも知らないと思っていた。それが、間違いだったとしたら？

私は、今まで何度も見てきた、颯のいろんな笑顔を思い出した。明るい笑顔、無邪気な子供みたいな笑顔、ひとを安心させるためのやさしい笑顔。……眉を下げた、切ない笑顔。あれが、つらい顔を見せないためのものだったとしたら。

笑いたくて笑うんじゃない、笑おうとして笑うんだ、彼は。

そこで、昨日私が彼に言った言葉を思い出した。

『颯には、わからないよ。私の気持ちなんか』

そんな私に彼は、誰からも嫌われてない人間なんかいないと言ってからへらりと笑って、俺、今日は帰るよって。そう言ったんだ。

「……あ」

傷つけた、と思った。私は、彼を傷つけた。颯にはわからないと言って、一方的に拒絶した。

だけど颯は笑った。私のために。傷ついた顔すら見せずに、笑った。あれは、平気だったからじゃない。私のために、笑おうとして笑ったんだ。

よく考えたら、いつもそうだったじゃないか。颯は、私がつらい顔をしているときに限ってよく笑った。彼自身はつらそうな顔は一瞬しか見せずに、すぐになんでもないみたいに笑っていた。なのに私は、彼を責めることしかしなかったんだ。

気づいて愕然とした。なんてことをしたんだろう、私。

颯はきっと、何も知らないわけじゃない。自分が周りからどう思われているのかも、ちゃんとわかっている。わかった上で、いつも笑っている。

颯は綺麗だ。純粋で、無邪気で、やさしくて。それは、彼がそうあろうとしているからだ。私みたいにひねくれず、前を向いていようとしているから。

私と彼が違うのは、ひとから愛される絶対的な才能の有無なんかじゃない。まっすぐでいようと努力しているか、していないかだ。


そのあと、急いで教室へ戻ってゴミ箱を置いて、私はまた早々に教室を飛び出した。掃除時間はもう終わろうとしていて、早くに掃除を終えた生徒たちが、廊下を行き交っている。

私はひとの間を縫って、二年の教室がある廊下を何度も歩いて往復した。私よりも少し背の高い、華奢な背中を必死に探す。だけど見つからない。焦って、階段を駆け下りて一年の教室がある階まで行った。廊下から昇降口まで歩いて、再度周りを見まわす。でも見つからない。

おととい彼が、突然目の前で消えたときの恐怖を思い出しそうになった。すぐにぶんぶんと首を振る。彼は何も言わずにいなくなったりしない。大丈夫、約束してくれたんだ。だから、信じる。

あきらめずに探そうと思い、振り返る。そして今まさに、二階への階段を上がっている途中の見覚えある学ランの背中を目にした瞬間、私は思うより先に口を開いた。

「颯！」

人目も気にせず、名前を呼んだ。

彼は立ち止まって、驚いた顔をして振り返る。彼の周りにいた男子たちも一緒に振り返って、私に気づいて目を見開いた。

だけど私は、颯だけを見つめ続けた。彼はいつも、まっすぐに私を見つめてくれるから。私も、まっすぐでいたいと思ったんだ。

少し駆け足で、階段の下へ向かった。

ポカンとしたまま私を見ている颯を見上げて、私は言った。

「昨日はごめんなさい」

颯はさらに驚いた顔をした。私が謝罪したのが、そんなに意外だったのだろうか。ある意味正直な彼をまた少し腹立たしく思ったけれど、そのまま続けた。

「私、颯のこと、全然わかってなかった。勝手に決めつけてたんだ。だから、私が悪かった。私はもう大丈夫だから、これからも颯が好きなときに、美術室に来ていいよ」

周りの男子たちが、一斉に盛り上がり始めた。颯の肩をわざとらしく押したり、腰を叩いたりしている。だけど颯はそれには応じず、笑いもせず私を見つめ続けた。そしてゆっくりと、頷く。

「わかった。……俺も、悪かったところあるから、お互い様な。ありがと、理央」

彼にそう言われたとき、ようやく私は〝橋倉颯〟という人物を受け入れられた気がした。心が軽くなって、安心して、なんだか泣きそうになった。

瞳に涙が溜まるのを誤魔化そうと、へらりと笑ってみせる。颯はそんな私を一瞬だけ驚いた顔で見て、それから明るい笑顔で返してくれた。

# 第四章

# 心を守るために

あれから二週間が経った、六月の中旬。颯は週に三回くらいのペースで、美術室に来るようになった。

私はこの二週間、駄菓子屋で描いた颯の絵を、比較的大きなサイズに描き直す作業をしていた。一枚くらい大きな絵で、ちゃんとしたものを描きたいと思ったからだ。しっかりとした形で絵を完成させる、という意味でも、私の心にはいいリハビリになる気がした。

私と颯が付き合っているという噂は、学年のほとんどのひとに知れ渡るようになってしまった。校内で颯と会話することを、私がためらわなくなったからだ。

当然眞子の耳にも入ることになり、真相を迫られてキッパリと否定すると、とても残念がられた。私にはもともと色恋に関する話がないし、それが眞子にはつまらないんだろう。だからって勝手に期待するのはやめてほしい。

眞子以外にも、クラスメイトの女子が尋ねてくることもある。その度に一応否定しているけれど、しばらく噂は消えそうにないなと思った。わざわざ学年中に否定してまわる必要もない。

他のひとの目を、気にしていないと言ったら嘘になる。颯と人前で話していると、やっぱりちょっと逃げてしまいたくなるときがある。だけどこれ以上颯を傷つけたくなかったし、逃げればそのあと自己嫌悪に陥ることもわかっていたので、ぐっとこらえた。

颯はまっすぐでいようとするから、まっすぐなんだ。なんにも努力せず、前だけを向き続けられるひとなんかいない。強くいようと頑張るから、強くいられるんだ。私も、そうなりたいと思った。卑屈なままじゃ、きっと私はいつまでも自分を好きにはなれないから。

＊

そんなある日の放課後、美術室のドアが勢いよく開けられた。

「頑張ってるかー！　美術部諸君！」

元気のいい声と共に現れたのは、ポロシャツに黒のカラーパンツというラフな格好をした若い女性だった。

「湯浅(ゆあさ)先生」

古田先輩が席を立って、一度頭を下げた。ちょうど来ていた颯と一緒に、私も頭を下げる。

美術部顧問である湯浅先生は、そんな私たちを見て明るく笑った。

「いやー、そんなかしこまらなくていいって！　私、ほとんど部に顔出してないしね！　君たちは今さら何しに来たんですかくらい言ってもいーのよ？」

冗談なのか本気なのかよくわからないことを言って、湯浅先生は笑う。彼女のノリに慣れている私と先輩は苦笑いしているけれど、颯はいまいちどう反応していいのかわからないようで、戸惑った顔をしていた。

先生は颯に気づくと、驚いた顔をした。

「……あれ。うちに君みたいな部員、いたっけ」

「あ、いえ、俺は部員じゃなくて……えーっと」

なんと言おうか迷っているみたいだ。颯が言うより、私から説明した方がいいだろう。

「先生。彼は私の友達で、最近よく美術室に遊びに来てくれるんです」

そう言うと、先生は「ふーん」と言って颯にじろじろと無遠慮な視線を向けた。

途端に颯が緊張した顔をする。彼はやっぱりへんなところで人見知りだ。湯浅先生は美術の先生だけれど、この高校で美術教科は選択制だから、美術の授業をとらないと湯浅先生と関わることはほとんどない。私は一年の頃に美術を選択したけれど、おそらく颯は違ったんだろう。

「に、二年の橋倉颯です」

「……君、絵は描いたりするの？」

「いえ、俺は、そういうのは全然ダメで……」

「ふーん。じゃあほんとに遊びに来てるだけ？」

「はい。……あ、邪魔はしてません！　先輩と理央が真剣にやってるときは、黙ってるんで」

　颯の目は必死だ。先生はさして興味なさげな顔で、「別にいるのはかまわないけど」と言った。

「変わってるわね、君。美術に興味ないのにこんなとこにいるなんて、退屈じゃないの？」

　それは私も思ったことがある。颯が初めて美術室に来たときは、ただの好奇心だろうと思っていた。だけど彼は一ヶ月経っても、ここへ来るのをやめない。私と先輩が何かしているとき、大体颯は私の作業を見ていたり、携帯を触ったり、課題をしたりしている。一見つまらなそうには見えるけれど、なんだかんだ来ているあたり、そこまで退屈には思っていないのだろう。

　颯は苦笑いしながら、「まあ、正直興味はあんまりないっすけど」と言った。

「理央と先輩が絵を描いてるのを見るのは面白いし、なんつーか、好きなんですよ。この空間が」

落ち着くっていうか、と颯は言った。

颯の口からそんなことを聞くのは初めてで、驚く。先生は「へえ」と意外そうな顔をして、ニカッと笑った。

「そーかそーか。それならいーのよ。好きなだけいてちょうだい」

「ありがとうございます」

先生は機嫌よく、美術室の黒板の前へと歩いていく。こちらへ振り返った颯と目が合って、ドキリとした。

彼のさっきの言葉が頭の中をまわる。美術室を好きだと言ってくれたことが、すごく嬉しかった。

「どしたの、理央」

「な、なんでもない」

どんな顔をすればいいのかわからずにいる私を見て、颯が首をかしげる。なんだか照れくさくて、むずむずして、だけど心地よかった。……これからもずっと、ここにいればいいのに。

「それで、湯浅先生は今日、なんのご用でいらしたんですか」

古田先輩がそう言うと、先生はわざとらしくムッとした顔をした。

「なーによ。用がなきゃ来ちゃいけないの」

「いえ、そういうわけでは……」

「冗談よ。これでも一ヶ月に一度は行こうって決めてるからね。ちょうど時間ができたから来たの。あとは、尻叩きに」

そのとき、先生の目がちらりと私に向いた。ドキッとして、思わず目をそらす。

……私が今スランプに陥っていることは、先生も知っている。彼女も前は『誰にでもあるもんよ。私も昔はよくあった』と笑ってくれたけれど、スランプになってもう半年が経つ。そろそろ立ち直れということだろう。

「もう六月も半ば。夏休みなんてあーっという間に来ちゃうからね。夏休みが明けたらすぐ文化祭だよ。古田は文化祭どうすんのか知らないけど、そろそろ何を描くか考え始めなきゃね」

秋の文化祭では、クラスの出し物の手伝いもある。私は美術部員だし、それなりに画力があることも既に他の生徒に知られているから、いろいろと作業を頼まれるだろう。自分の作品に取りかかっている暇はない。文化祭の作品を描くとしたら、主に夏休み中かその前後だ。古田先輩は三年生だから、遅くとも文化祭頃には引退することになる。早めに文化祭の作品だけをつくって引退、という形もできるけれど、どうするつもりなんだろう。

先輩を見ると、彼はまっすぐに先生を見つめていた。もう、決めているみたいだ。

「……僕は、夏休みまでにしようと思っています」

……夏休みまで。ということは、前期の終業式までだ。

他の部活の三年生も、試合や大会次第ではあるけれど、そのくらいに引退するひとが多い。古田先輩は進学クラスだから、もっと早いタイミングでもおかしくなかったのに。とは思うけれど、やっぱり寂しいなと感じた。

「……そ。ってことは、文化祭は出さないんだね」

「はい」

「わかった」

先生の目が、こちらへ向く。今度こそ、そらさないようこらえて、見つめ返した。

「他の幽霊部員たちは、たぶん文化祭には出さない。寂しいけど、うちの部は今年は中野の絵だけになりそうだね」

「……わかりました」

「中野」

先生の目が、じっと私を見つめる。ドキッとして、肩が小さく震えた。

「あんたはまだ……自分の絵に、自信は持てない？」

「……はい」

最近は颯を描くことで、ようやく絵を描く楽しさを思い出し始めた。だけど、課題は何ひとつ克服していない。どんな表現方法が自分に合っていて、なおかつひとに伝わるのか。他校のひとを相手に通用するのか、私はまだわかっていない。

結局、私はあの展覧会からもう半年が経とうとしているのに、何も成長できていないんだ。だから少しくらいは叱られても仕方ないと思っていたけれど、先生は「そう」とひと言呟いて、目を細めただけだった。

「中野。あんたは、描ける子だからね。技術は他の学校の子たちに負けてない。あんたが本気出せば、全国に行ける作品だってできると私は思ってる」

「……買いかぶりすぎです」

「いーや、本当のことだよ。だから迷ってることがあるなら、いつでも相談しに来なさいね。今年は中野ひとりだけだし、そのくらいの余裕は私にだってあるんだから」

先生の言葉はありがたかった。彼女の美術の腕は確かだ。親身に相談に乗ってくれるだろう。だけどまだ私は、迷う段階にすらいないんだ。いろんな分かれ道の前で、ただ呆然と立ち尽くしているだけ。

「……ありがとうございます」

そうひと言、返事をするのに精一杯だった。

考えなきゃいけない。もう、そろそろ。

ひとに見てもらうための絵を、描くことを。


「面白いひとだなー、あの先生」

部活が終わって、学校から駅までの帰り道。最近は颯が美術室に来ると、そのまま一緒に帰るという流れになっている。颯は私の隣で、小さく笑う。湯浅先生が気に入ったみたいだ。

「先生、いっつもあんな感じなの？」

「……うん。まあ……」

「へー。あれですげー、絵、上手いんだよな？　おもしれー」

いつも通り、楽しそうに笑う颯。だけど私の顔がいつまでも暗いままだからか、彼はふと黙って、私の顔をのぞき込んだ。

「……俺は絵のことはよくわかんないけど、そんな思い詰めた顔してると、ろくなアイデア出ないんじゃねーの」

指摘されて、ぐっと言葉に詰まる。……確かにそうだ。こんな風に悩んだって、たぶん結論は出ない。紙と絵の具を用意して、筆を持って、ようやく考え始めることができる話だ、これは。

「……それは、そうだけど……」

「まだ時間はあるんだろ？　急いで結論出す必要ないじゃん」

颯は、どこまでもマイペースだ。なんていうか、余裕がある。何事もどっしりかまえている節がある。それが羨ましくもあり、半面少しムカついた。

颯の言う通り、まだ一ヶ月は時間がある。だけど急いで考えないと、結論が出せないと思ってしまうんだ。

「……なんとかなるかな」

「おー、なるなる。絶対なる」

根拠もなく頷く颯を見て、思わず笑った。

本当かなあ、と言って、小さく肩を震わせる。

空の茜色が辺りに広がり、私たちの後ろにはまっくろい影が伸びていた。

＊

次の日の放課後、美術室へ行くと、誰もいなかった。今日は、古田先輩は来ない日なのかもしれない。とりあえずいつも通り、紙と筆記具とバケツ、水彩絵の具一式を用意していく。

その途中で颯が来た。彼は元気よく室内に入ってきて、もう慣れた動作で机に荷物を置く。颯と他愛(たわい)ない話をしながら、窓から快晴の空を見た。梅雨のこの時季、晴れているのは貴重だ。

私はロッカーからレジャーシートを取り出して、颯に言った。

「今日は外で描こうと思ってるけど、どうする？」

「え、外行くの？」

「うん」

「俺、ついてっていい？」

「いいよ。窮屈だし、つまんないと思うけど」

私が持っているレジャーシートは、ギリギリふたり分座れる程度だ。座り心地もいいとは言えないと思うのに、彼は嬉しそうに「やった」と言った。

「どれ持っていくの？」

「そこの机に置いてるやつぜんぶ。大丈夫だとは思うけど、颯も一応貴重品は持っていった方がいいかも」

「わかったー。めんどくせーからリュックごと持ってく。理央のも持っていこうか？」

「え、ああ、ありがと……」

颯は自分のリュックを背負うと、私のものも肩にかけてくれて、さらにはバケツとレジャーシートも持ってくれた。結局私が持っているのは、水彩絵の具の入ったカバンと紙だけだ。なんだか私が颯を荷物持ちにしているみたいで、申し訳なくなった。

「なんか……ごめん。いろいろ持たせて」

「え？　いや、いいよ。なんか楽しいから」

何が楽しいのかわからないけれど、颯は上機嫌だったから、それ以上は気にしないことにした。

それから昇降口で靴を履いて外へ出て、中庭に向かった。大きな木とベンチが見えるところで立ち止まると、適当なアングルを決めてレジャーシートを敷き、ふたりで座った。

私が近くの水道でバケツに水を汲んで戻ってくると、颯は豪快に寝転がっていた。頭と上半身だけシートの上で、あとは草の上だ。

「……え、寝るの？」

「寝るかも。ごめん」

「い、いいけど……眠いなら、帰ったら」

「えー、そういうことじゃねーんだよ。わかってねーなー理央は」

どういうことだ。わからないからちゃんと説明してほしい。

失礼な物言いにムッとしながら、寝転がった彼の隣に座る。本当にこのひとは、自っと呆れた。

分の気持ちに正直で自由だ。あんなに楽しそうにしていたのに結局寝るのか、とちょ
「あー、眠くなるなあ」

私がいそいそと準備をする中、颯は早くも目を閉じた。

確かに今日は久しぶりの晴れで、カラッとした暖かい気温だ。日向ぼっこをしてい
る気分になる。颯を見ていると、こちらまで眠くなりそうだ。

筆箱からシャーペンを取り出しながら、すぐ隣にひとがいる中で描くのも、なんだ
か新鮮でいいなあと思った。ふとしたとき、寂しくない。暖かい気持ちになれる。

膝を立てて、太ももの上に画板を置く。画板にクリップで紙を挟んで、シャーペン
を持った。そのとき、梅雨の湿気を含んだ風が吹いて、目の前の木々が揺れた。

「なあ、理央」

隣から、声がする。私はそちらを見ずに、「何?」と返事をした。

「俺さぁ、ずっとここにいたい」

「…………」

ペンを持つ手が、震えた。胸が苦しくなって、颯の方へ振り返ることもできなくて。

……いればいいじゃん。ずっとここに、いればいい。

「いてっ」

突然横でそんな声がして、ハッと思考が止まった。

慌てて見ると、颯の顔の上には丸められた紙くずがあって、彼が顔をしかめていた。颯はすぐにそれを持って立ち上がると、後ろの校舎へ振り返る。開けられた窓に向かって、「おい！」と叫んだ。

何事かと思って見ていたら、窓の向こうから二年の男子たちが苦笑いしながら顔を出してきた。

「すみませーん、落としちゃって……あ、颯か。ならいーや」

「よくねーわ！　当たったっつーの」

「あははゴメーン。……つーかお前、なに校内でいちゃついてんだよ。見せつけてんじゃねー」

颯のクラスメイトの男子たちが、窓からぞろぞろと顔を出してくる。新聞紙を丸めた棒を持っているひともいて、廊下で野球ごっこでもしていたのかと納得した。颯は流れ弾に当たったわけだ。

噂のせいか、私といちゃついていると誤解した男子が、今度は故意に颯に紙くずを投げてくる。颯はそれを避けながら、「だから彼女じゃねーよ」と言っていた。

「うるせー。どっからどー見てもいちゃついてるようにしか見えねーんだよ」

「あーあー、ひがみか」

颯がやれやれという風に肩をすくめる。男子はムカッとした顔をして、「ひがみじゃねー！」と叫んだ。

仲がいいのはよいけれど、私を巻き込むのはやめてほしいと心底思った。

ひとしきり言い合ってから、男子たちは教室の中へ戻っていった。

颯もため息をついて座り直す。

「ごめんな理央、うるさくて」

「別にいいけど……一緒に遊ばなくていいの？」

聞くと、颯は首をかしげた。

「誰と？」

「だから、さっきの男子たちと。最近美術室によく来てくれるけど、大丈夫なの？」

あんなに仲がいいんだ。私といるより、彼らといる方が颯も楽しいと思う。

別に卑屈になってるわけじゃない。純粋に心配しているだけだ。彼らとの思い出は普段の生活でつくれると言っていたけれど、放課後の時間ってすごく貴重だし。私といることで、本来彼らとつくるべき思い出がつくれずに終わったら、申し訳ないなと思った。

私の言葉を聞いて、颯は少しの間黙っていた。彼にしては珍しく、迷っているような微妙な顔をして、下を向く。

「んー……そりゃ、交じって遊びたい、けどさ」

だったら、行けばいいのに。

そう言おうとして、だけど私は言えなかった。彼がまた、寂しそうに目を伏せて、力なく笑っていたからだ。

「……どうせあいつらも、忘れるんだよ。俺のこと」

驚いた。彼が、そんなことを言うとは思っていなかったからだ。どうせ、なんて。このひとには似合わない言葉だと、思っていたから。

「……そんなこと、ないよ」

忘れないよ。きっと、誰も。この学校で、颯が今まで築いてきた人間関係は、転校なんかで消えたりしない。だって、あんなにも愛されているのに。みんなの中心で笑い、周りのひとを笑顔にして、生きてきたのに。

だけど颯の表情は晴れない。黙って首を振るだけだ。

「……んーん。忘れるんだよ、みんな、少しずつ。時間が経って、俺がいないことが、みんなの中で普通になっていくんだ」

颯がいないことが、普通になっていく。そんなこと、あり得るのかな。

この学校のみんなにとって、颯はなくてはならない存在だ。太陽を失った世界は、きっとそれまでのようにはいかなくなる。

……ああ、だけど。

そうしたら、今度は他の誰かが太陽になるのだろうか。学校社会とはそういうものだ。そのひとの代わりはいないけれど、そのひとの役割を代われるひとならたくさんいる。それは事実として、確かにあることだ。いくら「絶対忘れない」なんて綺麗事を言ったって、いなくなったひとの存在はどうやったって薄れていく。悲しいことだけれど。

「……誰も悪くない。これは仕方ないことなんだよ」

颯は小さく笑ってそれだけ言うと、また寝転がった。そのまま目を閉じる。それ以上何かを言う気はないということだろう。

「…………」

私は作業に戻った。だけど頭の中では、颯のさっきの言葉が繰り返し流れていた。

仕方ない、か。

それはひどく都合のいい言葉だ。誰のせいにすることもなく、運命だとか、そういうもののせいにしてしまえる。転校していったひとのことを忘れてしまうのは、仕方ないこと。彼はそう言うことで、自分の心を守っているように見えた。

事実だけを淡々と述べて、あきらめてしまうのは簡単だ。あきらめも肝心、なんていうように、ある意味正しいと思う。無駄に心を痛める必要なく、現実を受け止めて、前を向くこともできる。心を守るために、あきらめる。それは、悪いことじゃない。頭ではわかっているけれど、私はそのことをすんなりと受け入れられなかった。

颯ならきっと、できるはずだ。彼の友達が彼のことを忘れないよう、転校してからも関係を保てるよう、計らうことくらい。

私はなんだかもどかしくなった。どこか納得したくない気持ちを持て余しながら、目の前の木々を見つめる。

それからシャーペンを走らせ始めると、この景色を描くことに意識は集中していった。


「……ん」

目が覚めたのか、隣で颯が身じろぎした。

その声にハッとして、目の前の絵だけを映していた視界が開けていく。辺りはもう暗くなり始めていた。

「……え、暗っ」

完全に目を覚ましたのか、颯が空を見上げて、目を見開いた。

私と目が合うと、さらに驚いた顔をする。

「今何時？」

「え……わかんない。六時くらい……？」

「ずっと描いてたの？」

「う……うん」

「すげー集中力……」

面白そうに小さく笑いながら、彼は身体を起こした。

「もう暗いし、帰ろーぜ」

確かに、こんなに暗いとこれ以上作業を続けるのは無理そうだ。そんな当然のことに今さら気づいて、自分のことなのにどれだけ集中していたのだろうかと考えた。

片づけようと、かたわらに絵を置く。颯はそれをちらりと見てから、片づけを手伝ってくれた。

「……そんなに夢中になってたってことは、いいやつ描けたの？」

片づけ終わって立ち上がったとき、颯がふいに尋ねてきた。そこですんなりと頷くことができればよかったけれど、私は首を横に振った。

「ダメだった」

いい絵が描けそうで集中していたなら、今頃私は飛び上がって喜んでいただろう。

私はたぶん一時間ほど、塗り方について実際に手を動かしながら考えていたのだと思う。ああでもないこうでもないと、試行錯誤していた。……相変わらず結論は出なかったけれど。

　道具をロッカーにしまうために校舎へ戻る途中、颯が私を見てぽつりと言った。

「そんなに悩むくらいなら、いっそ理央の好きなように描けばいいのに」

　彼を見ると、目が合った。不思議そうな顔をしていた。

「理央なら、好きに描いても充分上手いだろ」

　それはきっと、お世辞で言っているのではないのだろうと思った。買いかぶりすぎだとも思ったけれど、そう言っても彼は否定してくれるだろう。

　私は笑って、「ううん」と言った。

「それじゃダメなんだよ。ひとに見られることを意識した作品と、そうじゃない作品は、やっぱり〝でき〟が違う」

　たとえば私が、颯を描くとき。颯以外の他人に見せるのは恥ずかしいし、完全に自己満足だ。文字通り好き勝手描いている。私が描きたいと思った景色を勢いで描くんだから、構成とか構図とか、そんなものまるで無視だ。

　颯を描くときは、それでいいと私も思う。だけどひとに評価されることを前提にしたとき、話は別だ。

「ひとに見られるって意識したら、構図とか細かいところとか、ちゃんと意識しなきゃって思える。そうすると自然と作品の完成度も上がるでしょ。……ほら、スポーツも同じだよ。勝つために練習してるひとと、楽しむために練習してるひとじゃ、上達に差が出る」

　当たり前のことだけれど、何事も〝その差〟だと思う。ひとに評価されたいなら、それを意識しないとダメだ。

「本気でやってるひとの絵って、なんていうか、パワーがあるんだよ。ああ、これを描いたひとは、この絵に本当に心を込めたんだなって、見ただけでわかるんだ」

　展覧会の会場に行けば、わかる。少しの妥協も許さず、本気でつくり上げたひとの作品。このくらいでいいか、と中途半端にあきらめたひとの作品。技術はなくても、それでも本気でつくり上げられた作品は、つくったひとの強い思いが込められていて、それだけで見る価値があるものだ。

「私の取り柄なんか、絵しかないからさ。これくらいは妥協せずに、本気でやりたいんだ。どんなにみっともなく悩んでも、それでも上手くなることをあきらめたくない」

　私みたいなひねくれた奴でも、ひとつくらいは誇れるものを持ちたい。あのとき自分はこんなに頑張ったんだって、将来胸を張って自慢できるくらいに。

「……真面目だなあ、理央は」

　美術室のドアに鍵をかけていると、後ろからそんな感想が聞こえてきた。

　ムッとして、鍵をかけるとすぐに振り返った。何か言い返してやろうと思って口を開いて、……颯の顔を見て、思わず口を閉じた。

「やっぱすげーよ、お前。マジでカッコいい」

笑っていた。

その言葉は私を褒めるものだったけれど、その顔は自嘲しているようにも見えた。

「ごめんな。さっき好きなように描けばいいのにって言ったの、馬鹿馬鹿しい話だったな」

「……いや……」

颯は笑っている。だけど、笑いたくて笑っているときの顔と、そうじゃないときの顔くらい、私はもうわかるから。どうしてそんな風に笑うのかわからず、首を横に振った。

私がずっと悩んでいるから、彼はああ言ってくれたんだ。馬鹿馬鹿しくなんかない。普通はそう思ってもおかしくないんだ。

「……そ、颯が言ってくれたことも、ちゃんとわかるよ。私だって、息抜きとして好きなように颯を描いてるし。だから、間違ってはないんだよ」

つたない言葉で、必死に話す。

わかってほしい。颯が私のことを考えて言ってくれたんだって、ちゃんとわかってるって。

そんな私を見て、颯は目を細める。「うん」と言って、彼はそのまま前を向いた。

それからは何も言わず、歩き始める。

「…………」

どうすることもできず、私は困った。

機嫌を損ねたりしていないといいな、と思いながら、仕方なく私も歩き始める。

……難しいな。

言葉で自分の気持ちを伝えるというのは、実はすごく難しいことだと、いまいち心の読めない颯の隣を歩きながら思った。

# あきらめない才能

　週末、颯と電車に乗って大きな市民公園へ行った。そこで売っているソフトクリームが食べたいだとか、バドミントンがしたいだとか、颯がいろいろと理由を主張して誘ってきたからだ。私は颯を描けるならどこでもよかったし、木々などの緑を描くのも好きだったから、ふたつ返事で了解した。

　その市民公園には、私も小さい頃に何度か家族と行っていたから、特に身がまえずに行くことができた。

　園内に入ると、大きな遊具たちが目に入った。子供たちが楽しそうに遊んでいる。そこでは老若男女、さまざまなひとが歩いていた。

「おー、広いなあ」

　颯が園内を見渡して、感嘆の声を漏らす。

　もはや見慣れた反応だけれど……。

「もしかして颯……ここ来るの初めて？」

「え？　ああ、うん」

「…………」

この県の子供なら、一度は行ったことがあるだろうと思っていたのは、私の勘違いだったようだ。もしかすると颯は、小さい頃は別のところに住んでいたのかもしれない。

それから少し歩いて、遊具が遠くに見えるくらいの適当な場所に腰を下ろした。

「理央、バドミントンしよう！」

絵を描く準備をしていたら、目をきらきらと輝かせた颯がそう言ってきた。その両手にはラケットがふたつと、まっしろいシャトルがある。

「……えー、颯ひとりでしなよ。描いてあげるから」

「バドミントンはひとりでするもんじゃねーだろ！　理央も絵ばっか描いてると不健康になるぞ！　ほら、立って！」

腕を引っ張られて、しぶしぶ立ち上がる。押しつけるようにラケットを持たされた。

こんなところでバドミントンだなんて、何年ぶりだろう。そういえば小学生の頃、この公園で親とバドミントンしたなあと思い出した。といっても、ただのシャトルの打ち合いだけれど。

「橋倉颯、いきまーす」

なんだかよくわからないかけ声と共に、颯がラケットを振る。山なりに飛んできたシャトルを、軽く打ち返した。

「なあ、理央ー」

「何ー」

「平和だなぁー」

「あー、日本に生まれてよかったねー」

「なー」

　全く意味のない会話をしながら、シャトルの打ち合いを続ける。こちらに向かってくるシャトルを見上げながら、颯の言う通り平和だなあと思った。

　ゆったりと雲が流れる晴れた青空の下、ぽーんぽーんとマイペースにシャトルが宙を舞う。遊具の方からは子供たちの笑い声が聞こえ、建物の方からはイベントに関するアナウンスが聞こえてくる。ピー……と、頭上で鳥が鳴いていた。

「首が痛い」

　私が唐突に訴えたことで、シャトルの打ち合いは十分ほどで終わった。颯はまだやりたいと言っていたけれど、シャトルを見上げるために普段使わない首を酷使して、疲れた私が拒否した。

「理央、やっぱ運動不足なんじゃねーの」

「うるさい」

　ふてくされた颯がイヤミを言ってくる。そんなにバドミントンがしたかったなら、初めから誘う相手を間違えているだろう。なぜ運動不足だとわかりきっている私を誘ったんだ。文句を言われる筋合いはない。

「俺、飲みもん買ってくる」

「私、オレンジジュース」

「パシリか！」

そう言いながら、彼は自販機の方へ歩いていった。どうやら買ってきてくれるらしい。お金はあとでちゃんと渡すつもりだ。

颯がいなくなった空間で、ぼーっと景色を見まわす。どのアングルにしようかな。周りはほぼ緑でいっぱいだ。近くにベンチがあるくらい。颯が戻ってから決めようかな。そんなことを考えながら、持ってきた水彩道具たちをレジャーシートの上に並べる。

筆箱からシャーペンを取り出しながら、ふとこの前の湯浅先生の言葉を思い出した。

『もう六月も半ば。夏休みなんてあーっというまに来ちゃうからね。夏休みが明けたらすぐ文化祭だよ』

早く考えなければ。そう思うのに、やっぱり私は颯を描くことに逃げている。マイペースな颯といると心が穏やかになれるから、ついやらなければならないことから逃げて、いつまでも颯を描き続けていたくなる。

「…………」

ダメだ。颯を理由にしちゃダメだ。これは私の問題だ。足元に転がる筆を見つめながら、ぼんやり考える。

何を描けば、上手くいくんだろう。どんな風景を見つけたら、私は描こうと思えるんだろう。

「ほい」

突然頬に冷たいものを当てられて、驚いて肩が跳ねた。横を見ると、颯がオレンジジュースのペットボトルを差し出していた。

「び、びっくりした……ありがとう」

「また暗い顔してたな」

颯の目が、じっと私を見る。

受け取ったペットボトルを、ぎゅっと握りしめた。

「別に……暗くなってるわけじゃない」

「わかってるよ、考えてたんだろ。でも、こんなとこ来てまで、んな真剣に考えなくてもいいじゃん。今日は忘れて楽しもーよ」

颯がペットボトルの蓋を開ける。パキッという軽快な音がした。

「……うん」

私もペットボトルを開けて、もやもやした感情ごと流し込むように、オレンジジュースを飲んだ。

ペットボトルを置くと、私は早速ボールペンを持った。

「じゃあ颯、息抜きに手伝って」

「え？　あ、ああ。うん、もちろん」

すぱっと思考を切り替えて颯を見据えた私を見て、彼は苦笑いをした。

「息抜きって何すんの」

「適当なポーズとって、五分間固まってて」

「はっ？」

颯は意味がわからないという顔をした。

私はトートバッグから使わない紙を取り出して、画板のクリップに挟む。携帯のタイマーで五分をセットした。

「今からクロッキーをします。つまり五分間で颯を描きます。颯は座ったままでいいから適当にポーズとって動かないでください。わかった？」

「くろっきー……あーうん、とりあえず動かなかったらいいんだな」

「うん。きつくなったら言って。タイマー止めるから」

「はいよ。携帯見ててもいい？」

「うん。指以外動かさなければね」

颯が片膝を抱えて下を向いた。片手は携帯を触っている。

「じゃあ描くね。スタート」

言葉と共に、携帯のタイマーが動き始める。黒のボールペンがガリガリと音を立てながら、素早く彼の輪郭を取っていく。顔、頭、肩、胴、腕、足……。

それらを描きながら、漠然と綺麗だなと思った。

颯は全体的に線が細い。さっき私に運動不足だなんて言っていたけれど、彼にはこの歳の男子にある筋肉が少ない気がする。女の子みたい、と言うと言いすぎだけれど、どちらかというと顔立ちも中性的だ。綺麗、という言葉がこれほど似合う男の子も珍しい。描いているうち、見とれそうになってしまった。

――ピピピピ……。

タイマーの音が、沈黙を破った。

颯が顔を上げる。私もペンを置いて、「ありがとう」と言った。

「五分て、案外短いもんだな。こんな短時間で描けるの？」

「クロッキーだから、ほぼ形だけだよ。詳しくは描き込まない。短時間でちゃんとバランスよく描けてるかが大切なの」

へー、と言いながら、颯が私の手元をのぞき込む。

「すげえ、なんかカッコいいな」

「そう？」

「うん。色はつけねーの？」

「五分くらいのクロッキーだとまずつけないけど……塗ろうか？」

「塗って！　何分固まったらいい？」

なぜかわくわくしている颯を見て、思わず笑みがこぼれた。

「塗るだけだから、そんなに時間はかからないよ。リラックスしてて」

今度は絵筆を持って、颯を見つめた。

……何色で塗ろうかな。せっかく塗るんだ。見たまんまの色を塗るのはつまらない。

さっきと同じポーズをとってくれている颯を見つめて、考える。

そして、ぽつりと呟いた。

「颯は、透明に見える」

携帯を見ていた彼の目が、わずかに見開かれた。

数秒経って、自分が言ったことに気づき、ハッとする。

……　〝透明〟は、私たちの間では不用意に使ってはいけない言葉だ。

「あ……違うの、ごめん。今のはそういう意味じゃなくて、その、雰囲気っていうか」

「あ、そういうこと……。びっくりした、今、俺透けてんのかと思った」

はは、と颯がかたい笑顔を浮かべる。余計なことで不安を与えてしまって、申し訳なくなった。

「その……いろんな色が似合うんだよ、颯って。逆に言えば、颯にはこれっていう色が見つからない」

私の言葉に、颯が不思議そうな顔をする。

なんとなく筆を手の中で転がしながら、彼を見つめた。

颯は、透明だ。どんな色とでも馴染む。溶け合って、一緒になれる。水のように。

だけどそれでいて、どこか他の色と一線を引いているように見えた。馴染むけれど、彼はどの色と一緒にしても存在感が消えることはない。どんな景色の中でも彼は映える。そういう意味でも、私は彼を絵の中心に据えたかった。

だからこういうとき、どんな色で彼を描けばいいのかわからない。どの色を使えば、正しく彼を表現できるのだろう。

「……じゃあ、赤」

「え？」

颯が突然言った。なんのことかわからなくて、見つめ返す。

颯は一旦押し黙ったあと、まっすぐ私を見つめて、「赤使って、塗って」と言った。

「赤……？　え、なんで？」

「……なんとなく。理央の携帯が赤だったから」

「あ、ああ……」

言われた通り、赤の絵の具をパレットに出す。一緒に橙と黄も出した。

「じゃ、じゃあ塗ります」

「はい」

颯に絵に関して指定されたのは初めてで、なぜか途端に緊張した。颯はそんな私を見て、面白そうに笑っている。

久しぶりに、なんだか新鮮な気持ちで色を塗った。


クロッキーのあと、なんとなく風景を描いていたら、いつのまにか颯は木の幹に寄りかかって眠っていた。この前といい今日といい、私の横で寝すぎだと思う。ひとが真面目に絵を描いているというのに。

そもそも颯と出かける目的のひとつとして、彼がいる風景を絵に残すことがあるわけで。今日はまだ描きたいと思うタイミングがなかったから声をかけなかったけれど、まさか寝てしまうとは。起こすのもなんだか忍びないし、せっかくだから寝ている颯を描くことにした。

眠る彼は、本当にこのまま目を覚まさないいんじゃないかと思えてしまうほど穏やかな顔をしていて、怖くなった。もちろんちゃんと息はしているからそんなはずはないのだけれど、どこか儚い印象があって、私は少し寂しく感じた。

色を塗り終える頃には午後三時になっていて、さすがにそろそろ起こそうと思い、彼の肩を叩いた。

「颯、起きて。颯」

「ん……」

「もう三時だよ」

「……えっ」

大きな瞳がぱちりと開かれた。彼が眠ったのは一時前だったから、かなり驚いただろう。

「うそ！　マジで！　早くね？」

「二時間くらい寝てたよ」

「いや、起こしてよ！」

「気持ちよさそうに寝てたし……」

「なんかすげー損した気分だよ！」

起きたら起きたで騒がしいなと思った。眠くなったらすぐ寝る、子供みたいな颯が悪い。

「まあ、おかげでいいもの描けたよ」

「えっ、まさか寝てるとこ描いた⁉」

「うん」

「うわ、はずかしー！」

今さら何を言うんだ。女子みたいに照れられても対応に困る。寝起きで妙なテンションになっているのか、颯はしばらくいつも以上にうるさかった。

やがて、ゆっくりと広げていた道具を片づけ始めた。水道でバケツの水を捨てて戻ってくる頃には、颯は落ち着いていた。両膝を抱えて、ぼーっとしている。

面白いなあと思いながら、私は少し遠くからそれを眺めていた。

彼の目は、楽しそうに歩く家族を見つめている。一見そう見えたけれど、実際は心ここにあらずという風にも見えた。彼は、どこか遠くを見ている。途方もないほど、遠くを。

「颯」

なんだかそれ以上見ているのがつらくて、声をかけた。

「……理央」

彼は私を見上げると、どこか安心したような顔をする。母親を見つけた子供みたいに。飼い主を見つけた子犬みたいに。

「帰ろっか」

そう言うと、彼はあからさまに眉を下げた。私は小さく笑って、「ごはん食べて帰ろうよ」と言った。

「え、いいの？」

「うん。あとでお母さんに連絡する」

「やった」

すぐに機嫌を直して立ち上がった颯を見て、単純だなあと思った。

……単純に、見える。

その目には、本当はきっと私が考えるより、ずっといろんな色を内包しているのだろうと思った。

園内を歩きながら、どこで夕飯を食べるか話し合う。その途中で、一本の木を何人もの子供たちが囲っているのが見えた。

「何してんだろ」

颯が不思議そうな顔をして、立ち止まった。

見ると、子供たちはみんな困った顔をして、木の上の方を見上げていた。私たちは一瞬目を合わせてから、どちらからともなく木の方へ近づいていった。

「どしたー？」

颯が明るい調子で、子供たちに声をかける。

颯に気づくと、男の子のひとりがおずおずと上に向かって指差した。

「ボールが……」

彼の視線の先を追うと、木の上の方で野球ボールが引っかかっているのが見えた。

「あー、のっかっちゃったわけか」

颯が顔をしかめてそこを見上げる。

子供たちは悲しそうにうつむいて、頷いた。

「揺すっても落ちてこないし、ぼくたちじゃ木に登れなくて……」

確かにこの木は登りにくそうだ。いちばん近いところにある枝でも、高い位置にある。何より、見たところまだ小学校低学年くらいだし、彼らでは危ないだろう。こんなところで木登りしているのを見られたら、周りの大人が黙っていない。

「けっこう高いな……」

颯が困った顔をする。仮に最初の枝には登れても、そこからまた登らなくてはならない位置にボールはあった。

「んー、なんか長い棒みたいなのないの？　ちょっとでも登れれば、行けると思うんだけど」

颯の言葉に、子供たちは微妙な顔をした。彼らが持っているのは、かろうじてバットだけだ。長さが足りない。颯が「あー……」と気まずい顔をした。

すると、男の子のひとりが突然泣き始めた。思わず颯とふたりでぎょっとする。

「うっ、うう、うわぁぁーん」

「わー！　泣くな、大丈夫だから！　泣くな！」

「ひっ、ひっく、お、お父さんに買ってもらったのにっ……うっ、うわぁぁん」

「あー……大切なものなんだな」

よしよしと、颯が男の子の頭を撫でる。

その様子を見てから、私はその場に荷物を置いた。適当に枝の位置を確認して、幹に足をつける。私を見て、颯が「えっ」と声を上げた。

「理央、登る気!?」

「大丈夫だよ、スカート穿(は)いてるわけじゃないし」

「そういう問題じゃなくて！　無理だろ、女の子だし、そもそもあんな高さ……」

「無理じゃない」

きっぱりと言い切った私に、颯が口を閉じる。私はボールを見上げながら、「あきらめるのは早いでしょ」と言った。

「あきらめるのは、いろいろやったあとだよ。努力もしないで無理って言うのは納得いかない。結論を出すのは、やり尽くしてからでいい」

颯の目が見開かれる。

私は昔から、ところかまわず外でいろんな景色を描いてきた。木に登るのなんか普通だ。いつもより、ちょっと高さが違うだけ。やってみるだけなら誰にだってできる。

少し膝で弾みをつけて、ぐっと枝に手を伸ばす。だけど触れるだけで、つかむことができない。やっぱり背が足りない。運動能力も足りない。悔しくて歯噛みしていると、後ろから声がした。

「俺がやる」

えっ……。

驚いて、振り返る。私が何か言う前に、颯は私の隣まで歩いてきた。

「え、颯、木登りできるの」

「できないよ！　けど女子が頑張ってるのに、男の俺が黙って見てるわけにはいかないだろ」

確かに私より背があるし、運動もできるだろう。だけどお世辞にも、颯に並以上の筋力があるとは思えない。あの高さの枝に登るには、相当腕の力が必要だろう。だけど颯はやる気だ。私のように背伸びしなくても、枝に手は届く。だけどそこから、上に行けるのか。

颯は幹に片足を置いて、枝をしっかりとつかむと、ぐっと腕に力を入れた。そのまま、もう片足も幹につける。身体が、浮いた。

……あ。

「……っ」

颯が歯を噛みしめて、もう一度ぐっと力を入れた。一気に上半身が持ち上がる。それは一瞬のことだったけれど、なんとか枝の幹に胸をつけた。

「……はー……」

颯が長いため息をついた。私と子供たちも同じようにホッとする。素直に颯がすごいと思った。まさか気合で登ってしまうなんて。

「よーっしゃ、まだ行けるぞ」

そう言って、颯はその枝の上に立ち上がると、もう一本の太い枝に手をかけた。それからはコツをつかんだのか、枝同士が比較的近かったのもあって、颯はするすると登っていった。

「理央、バット投げて」

男の子からバットを受け取って、颯に向かって投げる。プラスチック製の軽いものだったので、なんなく彼の手に届いた。

颯がバットを使って、だいぶ近くまで迫ったボールを落とそうとする。

「……っ、よっ、と」

「き、気をつけてね、颯」

「うん」

　この高さで落ちたら、よくて骨折だ。見ていてハラハラする。バットの先が、トン、と軽くボールに触れた。ボールが下に落ちていき、そのまま持ち主の男の子の手に収まった。男の子の顔に笑顔が浮かぶ。周りの子供たちも一斉に喜んだ。

「やったー!!」

「兄ちゃんすごい！」

「ありがとうー！」

　わいわいと飛び上がって喜ぶ。見上げると、颯も嬉しそうに笑っていた。

　それから慎重に木から下りた颯は、子供たちに何度もお礼を言われて、照れくさそうに笑っていた。

　嬉しそうに帰っていった子供たちを見送って、私たちもまた歩き始めた。

「すごいね、颯。ほんとにやれると思わなかった」

「えぇー？　理央が言ったんじゃん。あきらめるのは早い、って。だから俺、それ信じて頑張ったのに」

　颯が苦笑いして言う。

　確かに言ったけれど、ボールが落ちた瞬間、不覚にも泣きそうになってしまった。

そのくらいに信じられなくて驚いて、その分嬉しくて。

「そうだよね。じゃあ、信じてくれてありがとう、だね」

私の言葉に、颯はやさしく目を細めた。あきらめたくなかった私の意志を、受け取ってくれてありがとう。

公園を出て、駅まで歩く。空が桃色とも紫色とも取れる色に染まっていて、幻想的な景色が生まれていた。

「才能だと思うよ」

ふいに、颯が言った。

え？　と言って、振り返る。彼は穏やかな表情で、私を見つめていた。

「簡単にあきらめようとしないところ。理央の才能だと思う。誰にでも持てる可能性はあるけど、実際は誰にでも持てるわけじゃない。〝あきらめない才能〟だよ」

あきらめない、才能。

何も言えなくなって、立ち止まる。そんなことを言われたのは初めてで、驚いた。

私は目を見開いて彼を見つめていた。

「理央は自分に才能なんかないって言ってたけど、あるよ。ものすごく努力したから、理央は今あんなに上手く描けるんだろ」

颯の言葉に、泣きたくなった。

あきらめないこと。それは、私が唯一できることだったから。

特別いいセンスなんか持っていない。ひとを圧倒するような才能があるわけでもない。そんな私にできたのは、ひたむきに努力し続けることだけだった。

人物も物体も建物も、たくさん描いてきた。形だけでも、自分が思い描く通りの絵が描けるようになったのなんて、つい最近のことだ。

だけど単純に努力するだけじゃどうしようもない壁にぶつかって、私は今迷っている。再び自信を失った私の心に、颯の言葉は強く響いた。

涙がこぼれないよう、うつむいてぎゅっと目を閉じる。

「……そうかな。そんな風に言ってもらえるほど、私、すごくないと思うけど」

「すごいよ。羨ましいくらいカッコいいよ、お前」

「……ありがとう」

頑張りたいと思った。颯の言葉に違（たが）えない、私でいたい。私にはひとを惹きつける才能なんかないけれど、あきらめたくない。

必死に泣くのを我慢していたのに、無理だった。

颯に笑われながら、涙を拭う。

やさしい帰り道だった。

# ずっと伝えたかったこと

颯と市民公園に行った二日後の放課後、美術室へ行くと、既に古田先輩が来ていた。今日は颯から来ないと連絡を受けているから、先輩とふたりきりだ。

「こんにちは」

「こんにちは、中野さん」

先輩はやさしく微笑んで、こちらへ振り返った。

彼が以前から描いている油絵は、完成に近づいているのか、細部まで描き込まれている部分が見えた。あの絵が、この部での彼の最後の作品になるのだろうか。寂しい、と思う。先輩が引退するまで、あと一ヶ月だ。

彼と私は、長い間ふたりきりだった。お互いたくさんしゃべる性格ではなかったから、美術室はいつも静かだったけれど。ここにはずっと、落ち着いていて心地よい空気が流れていた。

「古田先輩」

荷物を置いて、壁に貼られている彼の作品を眺めながら、声をかけた。

「何?」

穏やかな声が返ってくる。いつも通りだ。このひとはいつだって変わらない。どれだけ教室で嫌なことがあっても、ここに来れば私はいつも安心できた。

「ずっとお聞きしたかったことを、聞いてもいいですか？」

「いいよ」

「先輩の作品は、平面と立体に限らず、それぞれ雰囲気とかも違いますよね。どうしてですか？」

今まで見てきた先輩の作品は、立体から平面までさまざまで、一見それらはすべて雰囲気が違っていた。まるで、すべて別のひとがつくったものであるかのようにも見える。だけど芯の、安定した強さとやさしさは一貫していた。彼の新しい作品を見る度、新鮮な気持ちになれて私は楽しかったけれど、改めて彼の作品たちを見てみると、とても不思議だ。

先輩はこちらを振り返らず、「そうだねぇ」とのんびりした口調で話し始めた。

「僕の作品がみんな違ってしまうのは、自然のことだよ。意図的にやってるわけじゃない」

赤、青、緑、黄。壁に貼られた先輩の絵は、どれも基調としている色が違う。

「僕はね、そのときの僕が伝えたいことを作品にしてるんだ。だから、作品によって雰囲気が変わるのは、当たり前のことなんだよ」

そのときの、先輩が伝えたいこと。

絵から目を離して、彼を見た。

「伝えたいこと、ですか」

「うん。僕はさ、小さい頃からひととしゃべるのが苦手だったんだ。今も、あまり社交的とは言えない性格してるしね。だから僕は、言葉で伝えられないことを作品にしてる」

先輩は、私の目からすれば充分社交的だと思うけれど。誰に対しても分け隔てなく接することができるし、心がほっとするような笑顔でこちらの話を聞いてくれる。

だけど、もし彼の言う通り、あの作品たちが彼の訴えなら。きっとその心には、私の知らないいろんな感情が渦巻いているということなんだろう。

再び絵に目を向ける。力強い油絵、やさしい水彩画、わかりやすさに富んだデザイン画。先輩は私と違って、勝負にこだわらない。賞をとって、上へ行こうとはしない。だけど本気だ。本気で作品をつくっている。それがわかるほど、彼の作品はちゃんと完成されている。その本気がどこからくるのか、私はずっと知りたかった。

「……先輩は、他人の評価をあまり気にしない方ですよね」

「そうだね」

「だけど、先輩の絵はしっかり完成されています。賞にこだわらないなら、どうしてそんなにひたむきにやれるんですか？」

　失礼な物言いをしているかもしれない。だけど知りたかった。ずっとその背中を追いかけてきた後輩として。先輩は好きなように描いているようでいて、とても上手い。他人の評価、つまり賞という明確な目標がないと、普通はどこまで追求すべきかわからなくなるものなんじゃないだろうか。少なくとも私はそう思っている。

　先輩は、今度こそこちらへ振り返った。

　眼鏡の奥の瞳と、目が合う。先輩はやさしい顔をして、私を見た。

「僕は、他人の評価なんかどうでもいいんだ。ただ、伝えたいことを伝えたい。ひとつの作品に、伝えたいことはひとつでいいんだ。それだけを伝えるために、僕は作品をつくってる」

　彼のきっぱりした言葉は、いっそ気持ちいいくらいだった。私のように、迷いがない。そのハッキリした意志に、圧倒された。

「…………」

　評価をどうでもいいと言えるなんて、すごい。

　私はそんな風にはなれない。絵の評価がイコール私自身の評価のように思えてしまうからだ。

　何も言えなくなった私に、先輩は続けた。

「中野さん。君は、僕よりずっと上手いと思う。デッサン力も、構成力も、僕はかなわない」

「……そんなこと……」

「いいんだ、これは事実だから。君は上手い。だからこそ、今の君を見てると、もどかしくてたまらないんだよ」

え……?

先輩の顔が、真剣なものになった。そんな彼に見つめられるのは初めてで、ドキリとする。

彼はひとつ深呼吸してから、口を開いた。

「中野さん。君には、絵を描く〝目的〟はある?」

目的。

言われて、考えた。

楽しいから。

私の取り柄、それくらいしかないから。

ひとに認めてもらいたいから。

いくつか浮かぶものたちは、先輩の意志に比べたら、なんだかパッとしなかった。

悩んだ顔をした私を見て、先輩が小さく苦笑いした。

「あー、そうだね、今のは言い方が悪かったね。君は、なんのために風景画を描いてるの?」

「……その景色の、よさを伝えたいから……?」

「どうして?」

……どうして?

そこに理由を求められるとは思わず、驚く。

眉を寄せて目をぱちくりさせると、先輩は微笑んで「そこが大事だよ」と言った。

「何を伝えたいのか、見たひとにどう思ってほしいのか。それさえハッキリすれば、描き方だって決まってくると思うよ」

「………………」

先輩の言葉が、頭の中をぐるぐるとまわる。

呆然としている私を見て、先輩は「でもあんまり考えすぎないでね」と笑った。

……何を伝えたいのか。見たひとに、どう思ってほしいのか。

私がひと言「答えてくださってありがとうございました」と言うと、先輩は苦笑いしながら作業に戻った。

席について、もう一度言われたことを考えてみる。するとなぜか、唐突に颯の顔が頭をよぎった。まるで、閉じられた蓋をこじ開けるように。考えれば考えるほど、チリッと頭の奥が痛んだ。

＊

「あれ、今日はひとり？」
翌日の放課後、颯が美術室にやってきた。席について、イーゼルと向かい合ってい
た私と目が合う。
「……うん。先輩は来てないよ」
「そっか」
颯は残念そうに言って、机に荷物を置いた。初めこそ緊張していたけれど、今では
彼はすっかり先輩と打ち解けている。
「あれ、風景描いてんの？」
イーゼルに立てかけられた絵を見て、颯が驚いた顔をした。最近、美術室にいると
きは静物画ばかり描いていたからだ。
「……うん。なんか、描いてないと落ち着かなくて」
今描いているのは、見慣れた美術室の風景。長机と椅子が並べられ、前には黒板が
あって、横には棚があって、壁にはたくさんの絵たち。大切な場所だから気分も乗る

かと思ったけれど、残念ながらそんな効果は望めなかった。

「ふーん」

下絵を終わらせて、塗りに入る。

颯は私の近くの席につくと、私の作業を無言で見つめ始めた。彼に見られるのはもう慣れたけれど、今日はその視線が少し違う気がした。絵を見ているというより、私を見ているような。

だけど、パレットに絵の具を出して筆を動かし始めたら、その視線も気にならなくなった。目の前の絵と、景色に集中する。白を基調としたこの美術室を、私は何色で表現しよう。青？　橙？　落ち着いた雰囲気にするなら、青だ。暖かい雰囲気にするなら、橙。

迷う中で、昨日の先輩の言葉がよみがえった。

『何を伝えたいのか、見たひとにどう思ってほしいのか』

「…………」

絵の具を持つ手が、止まる。

私はこの美術室が好きだ。いつだって変わらず、静かに私を受け入れてくれる、この空間が好きだ。そんな場所を絵に描いて、見たひとに私はどう思ってほしいんだろう。私が思うように、大切に思ってほしい？　それは無理だ。部員である私だからこそ、大切に思えるのだから。……わからない。わからないです、先輩。

苦しくて、だけど手を止めたくなくて。ひとまずこの空間の落ち着いた静かさを表現しようと思い、青を筆に取った。

私の目に映る美術室に、色づけていく。塗りながら、どんどん迷いが生まれていく。色はこれでいいのか？　塗り方は？　雰囲気は？

筆を持つ右手が、震える。まるで、紙の上に色を置くことに怯えているみたいだ。赤と黄と青を混ぜれば黒になるように、美しい色をたくさん重ねるだけじゃ、いずれ汚くなっていくだけだ。でも……。

『これじゃ、目立たないわよ』

『色が弱い。他に負けてる』

展覧会で言われた言葉が、よみがえる。私の作風はもともとやさしい雰囲気だから、色が淡いと本当に目立たなくなってしまう。まず目に留めてもらわなきゃ、伝わるものも伝わらない。だけど、濃くしてまとまりがなくなるのも怖い。色を塗る手が、どんどん慎重になっていく。……本当にこんなやり方で、この空間のよさが伝わる絵が描けるのだろうか。自信がなくて、色を重ねることを怖がって。

やっぱり私、あれから全く成長してない。何も変わってない。

湯浅先生も古田先輩も、私のことを上手いって言ってくれたけれど。

『ただ上手いだけじゃなあ……』

〝上手い〟って、何？　それだけじゃダメなんでしょう？　何を伝えたいのかすら定まっていない私なんかより、先輩の方がよっぽど上手いじゃないか。

先輩が羨ましかった。あんなにも強い意志を持って、迷いなく作品をつくることができる先輩が、羨ましかった。才能がほしい。こんな風に迷わないくらい、確固たる意志を持って、描けるような。もうあんな思いはしたくない。

たくさんの作品の中、埋もれた自分の絵の前で、立ち尽くしたあのときを思い出す。才能の中に埋もれたくない。だけど、どうやったらひとに見てもらえるのか、わからない。何をひとに見てほしいのかすら、わからない。

考えてみたら、わからないことが多くて愕然とした。私はこの半年間、何をしてきたんだ。もう嫌だ、心の中がぐちゃぐちゃだ！

「理央！」

すぐそばで名前を呼ばれて、ハッとした。歪んだ視界で、颯が心配そうに私を見ていた。

「……颯」

「いったん落ち着いた方がいいよ。ほら、筆置いて」

颯はずっと、私を見ていてくれたのか。いつのまにか出ていた涙を拭いながら、言われた通り筆を机に置いた。

ハッキリとした視界に映った目の前の絵は、ひどいものだった。部分によって塗り方が違うせいで雰囲気が異なっていて、バランスが悪い。色もちゃんと馴染んでいない。私の今の心の中がそのまま表れたみたいな、まとまりのない不安定な絵だった。

「………」

どうしてこうなってしまうんだろう。どうして綺麗に描けないんだろう。何が正しいのかわからない。私はちゃんと、この空間のよさを知っているはずなのに、それをしっかり表すことができない。今までだってそうだった。あの駄菓子屋だって、私の大好きな場所だ。よさはたくさん知っているはずなのに。

どうすればいいのか、もうわからない。手を加えれば加えるほど、悪くなっていく。拭ったはずの涙が、あふれて止まらなくなった。

情けなく泣くことしかできない私に、颯が落ち着いた声で話しかける。

「……理央。一回、描くのやめた方がいいよ。さっきは落ち着かないって言ってたけどさ、このまま描き続けても、たぶんいいもの描けないよ」

「でも……。これじゃダメなんだよ。こんなんじゃ、誰も見てくれない。描かなきゃ、考えなきゃ、答えは見つかんない」

涙を拭いながら、首を振る。あれからもう、半年経った。だけど私は何も変わっていない。怖い。このまま答えが見つからないままだったらどうしよう。

涙が止まらない私を見て、颯が悲しそうな顔をした。そしてやっぱり穏やかな声で、言った。

「理央は、それ描いてて、楽しい？」

顔を上げると、射抜くような颯の視線とぶつかった。身体が震える。その視線から逃げたくなって、だけど彼は逃がしてくれなくて。

楽しい？　この絵を、描いていて？

「………………」

ぐちゃぐちゃの絵を見つめて、考える。絵を描いていて、楽しいと心から思えるのは、颯を描いているとき。自己満足のそれは、けれど目の前の絵より、ずっと完成されていると思った。颯がここで生きたこと、笑ったこと。それを残すために描いたものだ。

……今描いているこれは、ただひたすら、ひとの評価を気にして、ひとの意見に振りまわされて描いたもの。

「俺には、理央がそれを楽しんで描いてるようには見えなかったよ」

「……楽しいだけじゃ、賞はとれないよ」

「うん。でも、もしその絵が賞をとったとして、理央は嬉しい？」

「……そん、なの」

嬉しいに、決まってる。そう思って、本当に？　と自分に問いかけた。

本当に嬉しいだろうか、私。怯えながら描いたこの絵がひとに評価されて、賞をとったとして、それを私は誇れるだろうか。自信に、できる？

「…………」

そっと絵に触れた。これが会場で展示されているのを想像する。

……ああ。

「嬉しく、ない」

じわりと瞳に涙がにじんだ。歪んだ視界の中で、颯が悲しそうに眉を寄せているのが見えた。

こんなの私の絵じゃない。私が描きたかったものじゃない。今までたくさん努力してきたのに、結局私はこんなものしか描けないのか。悔しくて悔しくて、涙があふれた。

〝才能〟に負けたくない。私の作品は、努力は、他のひとの絵を目立たせるためにあるものじゃない。そう信じたいけれど、私はどうやったって太陽にはなれない。太陽に憧れて、焦がれてばかりのちっぽけな星でしかない。

泣きじゃくる私の頭を、ふと暖かい何かが触れた。それは普段は冷たいはずの、颯の手のひらだった。

「俺はさ、絵のことはよくわかんないけど。いろんなとこに行く度、気づいたらきらきらした目で理央が絵を描いてて、そういう理央をいいなって思ってた。本当に絵が好きなんだなって」

静かに、語りかけるように。颯はやさしい目をして、私に言う。

「理央が描く風景が好きだよ。その中にいるひとも、みんな生き生きしててさ」

見上げると、またあの切ない笑顔が見えた。ぎゅっと胸が締めつけられる。彼の手が心地よく髪を撫でる。

颯は静かに目を閉じた。少しの間、彼は黙っていたけれど、やがて再びまぶたが上がった。私はその様子を、涙の浮いた瞳で見つめていた。

「……理央の絵の中にいる自分を見て、ずっとここにいたいって思った。理央の描く風景には、〝ここに来たい〟って思わせる力があると思うよ」

パキ、と。

耳の奥で、音が響いた。

いや、頭の奥だったかもしれない。遠いどこかで聞こえた音だったかもしれない。

閉じられていた蓋が、こじ開けられたような、そんな音がした。

「……これじゃ、理央の絵に心動かされたことにはならない？」

「…………」

私の顔をのぞき込む颯を見つめて、しばし言葉を失う。さっきの彼の言葉を聞いた瞬間、ずっともやがかかっていた視界が突然開けたみたいに、頭の奥がすうっとクリアになった。

「……ここに来たい……」

私の絵を見て、そう思ってもらうこと。

そうだよ。それだよ。こんなにも綺麗な風景のある場所へ、こんなにも暖かい人々がいる場所へ、〝来たい〟と思ってもらうこと。それだよ。私がずっと、絵を通して伝えたかったこと。駄菓子屋も、美術室も。よさを知って、〝ここに来たい〟って思ってほしかった。そうでしょう？　私。

『何を伝えたいのか、見たひとにどう思ってほしいのか』

私が伝えたかったのは、それだったんだ。

今度は嬉しくて涙がこぼれた。大事な何かを思い出したような、欠けていた何かをやっと見つけたような、そんな感覚がした。そんな感覚が……。

「………あれ……？」

〝大事な何かを思い出したような〟？

じゃあ、私は忘れていたということ？　こんなに大事なことを、どうして。作品をつくる人間として致命的だ。こんなにも大切にしていた想いを、どうして忘れられたんだろう。世界を動かす大きな存在にばかり気を取られて、私の世界の大切な存在が動きを止めていた。

どうして？　わからない。まただ。自分のことなのに、全然わからない。

「……理央？」

颯が、心配そうに私の顔をのぞき込んでくる。

「……思い出さなきゃ……」

私は、暗闇の中で長い間探していた手綱を、ようやくつかんだかのような気分だった。ただ、他にも私は、何か大事なことを忘れている気がする。だけどそれがなんなのかわからない。だから、力任せにでも今、この手綱を引っ張らないと。そうしないと、また私は見失ってしまう気がする。

チリ、と頭が痛んだ。ふいに幼い頃の自分のことを思い出して、衝動のまま口を開いた。

「わ、たしね。昔から、風景描くのが好きだったの」

突然話し始めた私を見て、真剣な顔をした颯が「うん」と相づちを打った。暗闇の中で、必死に記憶の手綱を手繰り寄せる。

……私は、幼い頃から風景を描くのが好きだった。その理由は……。

「……この景色がすごく綺麗なんだよって、ここに行ってみようよって、私の絵を見せて、伝えたくてー……」

言いながら、あれ？　と思った。

それを伝えたかったのは、誰？

幼い私が、いちばん最初に絵を見てここに、来たいと思ってほしかったのは、誰だ？

私が風景を描くようになったのは、何がきっかけ？　私はどうして、風景を描いている……？

見つけたはずの答えは、もうひとつ抜け落ちていた穴の存在を、私に教えた。

涙の引いた瞳で、こちらを不安そうに見つめる颯を見上げる。

……まだだ。

まだ、答えは見つかっていない。

私は何かを忘れている。

大切な、大切な何かを。

わずかに開いた唇の隙間から、「ソウ」と声が漏れる。

私を見つめる瞳ににじんだ愛しさを隠すように、彼は目を細めた。

こじ開けられた蓋が、完全に開くときを待っているかのように、パキリパキリと、音を立てていた。

# 第五章

# 君を中心に世界はまわる

翌日から、私はようやく思い出した〝伝えたかったこと〟を軸に絵を描き始めた。先輩の言っていた、伝えたいことさえはっきりしていれば、描き方は決まってくるという意味が、なんとなくわかり始めた。

見たひとに、ここに来たいと思ってもらうこと。この場所で生きているひとたちに、会いたいと思ってもらうこと。それが、私が絵を通して伝えたかったことだ。

湯浅先生に方針が決まったことを言うと、彼女は嬉しそうに「そう」と頷いてくれた。アドバイスをくれた先輩にも話をした。彼は「よかったね」と言って微笑んでくれた。

ひとに評価されることは、私にとって大事なことだ。だけど何より、絵を見て心を動かしてもらいたいという想いがあった。今度こそ、才能に埋もれるような絵は描かない。ひとの足を止め、この風景に釘づけになってしまうような、そんな絵を描くんだ。

決意して、塗り方を模索していると、だんだんとふさわしい塗り方が見えてきた。目立たせるため、極端に濃くする必要はない。強い色を使って、迫力ある絵にする必要もない。私は私らしく、やさしくて暖かみのある風景にしよう。颯が好きだと言ってくれた、私の絵のように。その中で、ひとに〝来たい〟と思ってもらえる工夫をしよう。

伝えたかったことが明確にわかる前に比べたら、筆の進み具合は雲泥の差だ。けれど、目の前の絵に夢中になる一方で、私の頭の片隅ではひとつの違和感が占めていた。

私が長い間、ずっと伝えたかったことを忘れてしまっていたこと。こんなに大切なことを忘れていた自分が、信じられない。そして、それを思い出すきっかけをくれたのが、颯だったということも。

彼と出会ってから、同じような違和感がずっと続いている。私はそれを、今まで見ないふりをしてきた。知ってしまったら、もう戻れない気がしていた。彼が突然消えたあのときのような恐怖を、もう一度味わうことになりそうで。

……だけど。

「理央ー！　もう帰ろうぜー」

筆で青と黄の絵の具を混ぜたところで、颯が私に声をかけた。

狭まっていた視界が明るくなって、周りが見えてくる。美術室の窓の外は、もうまっくらだ。時計は午後六時半をまわっていた。

「……あ。気づかなかった……」

「マジかよ……。あんま集中しすぎもよくないんじゃないの？　大丈夫か？」

「だ、大丈夫。なんか楽しいし……」

まだ文化祭で描く場所は決まっていない。だから描きたいと思った場所を手当たり次第描いているのだけれど、工夫すべき点がどこなのかわかった途端、風景を描くのが前よりずっと楽しいのだ。

「ふーん……楽しいなら、いいけどさ。とりあえず今日は帰ろーよ」

「うん」

わたわたと片づけを始める。先輩は早くに帰っていたから、今美術室にいるのは私と颯だけだ。

片づけ終わって学校を出る頃には、午後七時になっていた。いつもの流れで、そのまま一緒に歩き始める。他愛ない話をしながら、駅までの道を歩いていた。

途中で颯が「河川敷に寄って帰ろう」なんて言い始めて、私たちは大きな橋の下を通る川へ向かって歩き始めた。

河川敷にたどり着くと、颯はいつものように瞳を輝かせて、「おおーっ」と喜んだ。

「これが河川敷か！」

「……来たことないの？」

「ない！」

もう驚かないぞ、と思いながら、ある意味予想通りの答えを聞いて、私は苦笑いした。

「漫画とか映画ではさあ、こーやって寝転んで、空見上げて……」

颯が草の上に足をつけて、勢いよく寝転ぶ。その目が黒の夜空を見上げたとき、言葉は途中で止まった。

「……星が出てる……」

颯の声を聞いて見上げると、白い光がぽつぽつと広がった夜空が見えた。

「……綺麗だね」

「うん」

なんとなく彼の隣に腰を下ろす。川の向こうには建物の光がいくつも浮かんでいて、夜の町並みをカラフルに彩っていた。

「……なぁ、理央ー」

「何？」

「前にさあ、海で天動説の話したの、覚えてる？」

「……覚えてるよ」

颯はあのとき、地動説より天動説の方が好きだと言っていた。大きなものが動かす世界で小さなものとして生きるより、自分がいる場所を中心に動かす小さな世界で生きたいと。

『みんな、そうだと思うよ。自分が生きてる場所が世界の中心だよ。他のひとのために生まれてきたんじゃないんだから』

『よくわかんない広すぎる宇宙より、自分がいる地球が大事で、そこに住んでるひとが大事で。地球が世界のまんなかにいるのは、すごく自然だと思う』

颯が言っていた言葉を思い出して、なんだか不思議な気持ちになった。あのときは、今、彼とこんな風な関係になるなんて、少しも思えなかったから。

「俺、あのとき、俺がいいって思ったものはいいって言ったよな。俺が大事だって思ったものが世界一大事って」

私は「うん」とひと言だけ相づちを打った。

「俺、ずっと〝自分と自分の大切なひとさえ幸せであればそれでいい〟って思ってたんだ。俺の大事なものがいちばんで、周りの知らない奴のことなんか、関係ねえって思ってた」

懺悔(ざんげ)するような颯の言葉に、ああ、と少し納得した。彼はまっすぐだ。まっすぐに自分の世界を守ろうとする。自分がみんなにとって太陽であることは、彼にとっては重要なことではない。

以前、まだ私が颯との距離を測りかねていた時期、他の生徒がいる中で私を呼び、私と周りの人々を驚かせた。付き合っていると周りに誤解されていると言っても、彼は、勘違いしてる奴にはさせておけばいいと言った。

「周りに振りまわされて苦労するのなんか嫌だったし、自分に関係ないとこでトラブルが起こっても、余計に心を割くのが嫌で、逃げてた。すぐあきらめてた」

悪いことをしているわけじゃない。颯にとって、彼自身の心のエネルギーは、彼と彼の大切なもののために存在する。ただただひたむきに、自分の世界を守ろうとしているだけだ。

私がまた「うん」と頷くと、颯は「でも」と言った。

「……理央と会って、ちょっと考え直した。理央は、いっつも周りのこと気にしてるよな。最初はなんでそんなに気になるんだろって思ってた」

颯が小さく笑う。だけどそれは私を馬鹿にしているような笑い方ではなくて、どちらかといえば自分自身を嘲（あざけ）っているようなものだった。

「ちゃんと理央は、自分が外の世界と関わって生きてるって、わかってるってことなんだよな。俺みたいに、どうでもいいなんて思ってない。自分と自分の大切なひと以外の人間のことも考えて、戦おうとする理央は、カッコよかった」

……よく言いすぎだ、と思った。私は、そんなに高尚な志を持っているわけじゃない。ただ、自分の小さな小さな世界を守るためには、外にも目を向けなければならなかっただけだ。根本的なところは、颯と同じ。守り方が違っただけ。

だけど颯は、そんな私をカッコいいと言った。

「俺ももっと周りのこと見ようって思った。そしたら、俺のことほんとに大事にしてくれてる奴もいるんだなってわかって、もっと自分以外の世界も大事にしようって思った」

颯が週に三度のペースで美術室に来るのは、逆にいえば、それ以外の二日間は友達と遊んでいるからだ。友達のことを、どうせ忘れると言っていた彼だけど、ここ最近は自分から彼らと関わろうとしているように見える。

「ぜんぶ、理央のおかげ」

颯は星空を見上げながら、ふっと笑った。

その横顔を見ながら、「そっか」とひと言呟いた。

颯が私に影響されるだなんて少し信じられなかったけれど、純粋に嬉しくもあった。

自己否定ばかりしてきた私の生き方を、颯が肯定してくれたような気がして。

だけど、私とは逆だなと思った。私は周りのことにばかり気を取られて、自分の大事なものを見失っていた。颯と出会って、少しずつ自分の世界を取り戻し始めたところだ。

「……私も颯のおかげで、今、絵を描くのが楽しいよ」

静かに言うと、颯は嬉しそうに「そりゃよかった」と笑った。

「会えてよかったな、俺たち」

……うん。

あの木の下で、落ちた私を受け止めたのが颯でよかった。会えてよかった。

「あー！　でもやっぱ、自分の世界がいちばんだよなぁ」

引きこもっていたい、なんて言って立ち上がった彼の後ろ姿を、私は笑いながら見ていた。

「そうだね。天動説の方が正しかったらよかったのにね」

そう言うと、颯は目を細めてこちらへ振り返った。その表情にドキリとする。

ああ、まただ。この違和感。

私と颯は、まだ知り合って二ヶ月ほどだ。だけど彼の目が私を見るとき、最初からあまりにもやさしかった気がする。

……なぜ？

「この世界にあるのが、自分の大事なものだけだったらよかったのにな」

彼の白いシャツが、町並みの灯りに照らされて、夜の闇に浮かび上がる。

「俺を中心に世界がまわっててー、理央がその周りをまわってんの。幸せじゃない？」

颯のその言葉に、私は思わず顔をしかめた。私は颯の周りをまわらなきゃならないのか。やっぱり私は衛星程度なのか。

私の顔を見て、颯が面白そうにげらげら笑う。

颯の周りをまわるなんて、今だけで充分だ。わざわざふたりだけの世界で、そんな関係にはなりたくない。

颯は私の反応をひとしきり笑ったあと、「嘘だよ」と言った。

「俺の世界のまんなかにいんのは、理央だよ」

彼の凛(りん)とした声が、空気を震わせた。

長いまつげを伏せた颯は、なんだか幻想的で、とても綺麗で。一瞬見とれた私に、颯は無邪気な笑顔を見せた。

私が好きな、世界のまんなかで笑う君。目が合って、私は笑いながら「だったら嬉しい」と言った。

颯の笑顔は、満天の星空でいちばん輝いて見えた。

## 蓋はこじ開けられた

週末の日曜の昼、私は家のリビングでぼんやりとテレビを見ていた。いや、視線はテレビに向かっていたけれど、音は少しも耳に入ってこない。頭の中はやっぱり颯のことばかりだった。

『俺の世界のまんなかにいんのは、理央だよ』

あの違和感の数々も、彼の身体が透けることも。私がずっと忘れていた、伝えたかったことも。今まで目をそらしていたいろいろなことを、ようやく私は考え始めていた。

もうすぐ七月に入る。このまま夏休みに入れば、颯はあっという間に私の前からいなくなる。その前に、すべてを解決したいという思いがあった。颯のことを考えれば考えるほど、霧がかかったように何も見えなくなっていく。

自分が昔、誰に〝ここに、来たい〟と思ってほしくて風景を描いていたのか。それも知りたいのに、思い出せない。私は記憶喪失か何かだったのか？　自分の記憶なのに、抜け落ちているところが多くて怖くなった。

颯の言葉が引き金になって、蓋がこじ開けられるようなあの感覚を覚えたときのように、もう一度何か起こらないだろうか。颯といなきゃダメなんだろうか。そうじゃなきゃ何も起こらないのだろうか。

もんもんと考えながら、ひとりリビングのソファにうずくまる。

すると、リビングのドアからお母さんが顔を出した。

「理央ー、悪いんだけど、二階の押し入れから浴衣(ゆかた)を出してきてくれない？　理香(りか)が七月の夏祭りに中学の友達と行くから、浴衣着ていきたいって言ってねえ。あんたのお下がりが着られるか確認しときたいのよ」

「あー……うん、わかった」

「理央、あんたももうすぐ夏休みだけど、予定とかあるの？　もし暇なら、おじいちゃんに会いに行ってあげなさいね」

「はいはい、わかってるから」

颯がいないとわかっている夏休みのことなんか、考えたくもない。そのあとのお母さんの言葉は最後まで聞かず、二階へ上がった。

二階の和室に入り、押し入れの襖(ふすま)を開ける。お母さんが言っていたのは、私が中学の頃に地元の夏祭りで着た浴衣のことだろう。妹の理香は、中学の頃の私より背が高いから着られるかわからないな、とぼんやり考えながら、敷き詰められた段ボールやら箱やらを次々開けて中を漁(あさ)っていった。

その途中で、私は手を止めた。目に入ったのは、小さな段ボール。開きかけたその隙間から見えたものが気になって、私は衝動的に段ボールを開けた。

「……あ……？」

中に入っていたのは、大量の本と、スケッチブックだった。

積まれた本の、いちばん上にあった赤いスケッチブック。この家で、絵を描く人間は私しかいない。だからもちろん、これを使うのは私しかいない。だけどこんなスケッチブック、私は知らない。

「…………」

少し埃のついたそれを、そっと持ち上げる。震える手で、表紙を開いた。なんだかよくわからない不安と高揚で、怯えにも似た恐怖が心を占めていた。

白い紙が顔を出す。クレヨンらしき匂いが鼻先をかすめたとき、私は目を見開いた。

「……海」

一ページ目には、海が描かれていた。つたない筆致で描かれたそれは、青と白と緑で構成されていて、混色だとかそんなもの、まるで無視されていたけれど。構図やタッチの癖で、これは私が描いたものだとはっきりわかった。

それにこの海岸、木々の位置。あの海だ。颯と行った、あの場所。だけどいつ描かれたものなのか、何もわからない。覚えていない。思い出せない。

必死に過去を思い出そうとすると、頭がズキズキと痛み始めた。それでも私はページをめくる手を止めなかった。

二ページ目は、水彩絵の具で塗られた河川敷。この前の夜、颯と行った場所。

三ページ目は、この近くの図書館。

四ページ目は、市民公園。

五ページ目は、私が通っていた中学校。

今の私よりずっと下手で、だけどどこか懐かしい風景たち。

動悸は激しくなり、痛む頭はもうまともに動いていなかったけれど、衝動のまま私は次のページをめくった。

六ページ目に描かれていたのは、花瓶に生けられた花だった。窓際に置かれた、青い花。

そしてその右下に書かれていた文字を見て、私は息を飲んだ。

『颯へ』。

……これを書いたのは、いつの私だ。私の知り合いに、「颯」という名前のひとはひとりしかいない。それにこれは私の字だ。字の癖でわかる。このスケッチブックは、間違いなく過去の私のものだ。

バキ、と蓋をこじ開けられる音がする。ドクンドクンと脈打つ心臓の音が、耳奥で強く響く。

私は、次のページを開いた。

七ページ目は、白紙。だけど六ページ目の裏に、短い文章が書かれていた。

『颯のからだがよくなって、一緒に行けたらいいね』

――あ。

「お母さん!!」

私は部屋を飛び出した。階段を駆け下りて、リビングのドアを勢いよく開ける。お母さんは驚いた顔で私を見た。

「どうしたの」

「お、おじいちゃんが入院してたとき！　私、毎日病院に通ってたよね!?」

「え？　ああ、そうだったわねぇ……」

おじいちゃんが胃腸炎で入院したのは、私が中学一年生の夏休みだった。当時、家族で一度見舞いに行ってからも、私はひとりで毎日病院に通った。おじいちゃんは夏休みが終わる頃には退院して、その後、学校も始まったけれど、私は病院に行くのをやめなかった。

「それがなんでだったか、覚えてる？」

「えーと……あら、なんでだったかしら」

お母さんはう〜んと頭を悩ませた。本当に覚えていなさそうな様子に、もどかしくなる。

お母さんは覚えていない。

だけど私は思い出した。

あの夏の記憶を。

毎日のように彼に会いに行った、あの日々を。

「……颯……」

か細い声で、名前を呼んだ。そうしたら頭の中にどんどん記憶が流れ込んできて、涙が出てきた。

私は、ついこの前まで颯のことを知らなかった？

違う。知らなかったんじゃない。忘れていたんだ。私だけ忘れていた。あの日々の、思い出ごと。


中学一年生の夏、おじいちゃんが入院して、家族でお見舞いに行った。病室にはおじいちゃん以外の患者さんもいて、なんとなく緊張した。

おじいちゃんと少しの間話をして、おじいちゃんが眠ったあと、家族は売店に買い出しに行った。

私はなんとなくその場に残って、おじいちゃんのベッドの横に椅子を置いて座っていた。そうしたらなんだか眠くなってきて、うとうとしていたら、後ろから突然肩を叩かれた。

　ハッとして振り返ると、そこには自分と同じくらいの年齢の男の子が、ベッドの上でこちらを見ていて。彼は、はつらつとした笑顔で、私に話しかけてきた。なあ、暇なら話そうよって。

　橋倉颯と名乗ったその少年は、私からいろんな話を聞きたがった。家族のこと、学校のこと、この町のこと。

　彼は小さい頃から身体が弱くて、ずっと入院しているらしかった。学校に通ったこともほとんどなく、普段外に出ても病院の庭くらい。病院で同年代の子供と触れ合うことが少ないらしく、隣のベッドの近くでうとうとしながら座っている私を見つけて、声をかけたんだそうだ。

　日常のなんでもない話も、颯は楽しそうに笑って聞いてくれた。

　白い肌も、細い指も、華奢な身体も、彼の体調があまりよくないことを表していたけれど、それを忘れさせるくらいに彼の性格は明るかった。

　私は普段からたくさんしゃべる性格ではなかったし、どちらかといえば引っ込み思案だった。だけど颯はそんな私にも積極的に話しかけてくれて、彼との会話は楽しかった。

出会って最初の日は、簡単に自己紹介をし合って、夕暮れには家族と一緒に帰った。だけど私は彼のことが気になって仕方がなくて、次の日、また病院へ行った。わざわざ会いに来た私に颯は驚いていたけれど、すぐに嬉しそうに笑った。

それから私は、何度も彼に会いに病院へ走って、いろんな話をした。

小さい頃から絵を描くのが好きだった私は、ある日、赤いスケッチブックを手に病院へ向かった。

『颯。あのね、この町の海がね、すごく綺麗なんだよ』

当時は風景なんてちっとも描いたことがなくて、初めて描いた絵ではあの場所のいいところなんて全然伝わらなかったと思う。

だから下手な絵を補うように一生懸命話しながら描いていると、颯はうんうんと頷きながら聞いてくれた。

それから、いくつも絵を描いた。この頃から私には大好きな景色がたくさんあって、外の世界をあまり知らないという颯に、それらを伝えたくてたまらなかった。

『颯のからだがよくなって、一緒に行けたらいいね。わたしね、たくさんいいところ知ってるよ。いつか一緒に行こうね、颯』

一緒に行きたいと思ってほしい。いつか病院を出ることをあきらめないでほしい。

颯は、将来自分の身体がよくなって病院を出ることを、どこかであきらめている節があった。私はそれが悔しくて、もどかしくてたまらなかった。

そしてそのうち夏休みが終わって、おじいちゃんが退院して、学校が始まって。私は放課後に病院へ行くようになったけれど、やっぱりどうしても行けない日が出てきた。

私はもっと風景を描くのを上手くなりたいと思って、美術部に入部した。その中で自分より上手いひとたちの作品に触れて、自分の実力を思い知った。もっと上手い絵を描けるようになってから、颯に作品を見せに行きたいと思うようになった。そのために少しずつ病院へ行く足が遠のいて、だけど私の中から颯の存在が消えることはなくて。

中学一年の冬、ようやく久しぶりに病院へ行けると思ったら、颯は病院を出ていた。

私は受付で知り合いの看護師さんと向き合い、呆然としていた。

『……え、退院したってことですか？』

『ううん……退院というか、転院ね。こんな町のどまんなかにある病院より、もっと空気の綺麗な山の方にある病院に移ったのよ』

颯は静養のために病院を移っていた。そこはこの町から遠く、中学生の足で行けるような場所ではなかった。

聞いてない。そんなの聞いてないよ、颯。

私は悲しくなって、手紙を書いた。看護師さんに病院の住所を聞いて、颯宛に手紙を送った。一週間ほどで返事の手紙は届いた。

それから私と颯は、ゆったりとしたペースで文通を始めた。

次の夏休みには、親に頼んでつれていってもらい、病院まで会いに行った。ゆっくりと、静かに、私と颯の関係は進んでいった。

だけど三年生に進級して受験生になると、手紙の返事はそれまで以上に遅くなった。颯のことを忘れたわけじゃない。ただ私は要領がいい方ではなかったし、器用でもなかった。自分のことで精一杯だった。

高校に入学してすぐに、いろんな土産話を持って、今度はひとりで彼に会いに行った。颯はやっぱり笑って話を聞いてくれたけれど、どこか前より元気がなくて。もっと元気を出してほしくて、夏休み前に手紙を書いて送った。

……そこから、彼に関する記憶が途切れている。

去年の夏から今年の春までの間、颯との記憶がない。返信があったのかなかったのか、もうわからない。

どうして私は颯を忘れていたのか。そして彼は病院にいたはずなのに、どうして私と同じ高校に通っているのか。わからないことばかりで、私は混乱した。

唯一の手がかりである赤いスケッチブックを眺めていると、なんだか泣きたくなった。

『やっと、来られた……』

ふたりで海に行ったあの夜、彼は海岸を見つめてそう呟いた。

『理央』

彼が私を名前で呼んだとき、それを当たり前のように感じた。

『本当は、他にも理央と行きたいとこ、いっぱいあるんだよ』

……彼は、きっと最初から私のことを覚えていた。

颯は今まで、何を思って私と一緒にいたのだろう。どうして何も言ってくれなかったんだろう。

『俺の世界のまんなかにいんのは、理央だよ』

あふれた記憶と共に、流れ込んできた感情。

思い出してしまった。私が、颯を好きだったこと。

# 幻が消えるとき

翌日の朝、私は急いで学校へ行った。息を切らして廊下を歩き、もう見慣れた細い背中を探す。教室にはいない。まだ来ていないのかもしれない。早く会いたい。聞きたいことがたくさんあるんだ。

ふいに振り返って、欠伸をしながらこちらへ向かって歩いてくる、彼の姿を見つけた。

「颯！」

駆け寄って声をかける。窓からひゅっと風が入り込んだ。

その瞬間、ハッとした。透けてる。前みたいに、身体の一部なんかじゃない。彼の下半身のほとんどが透けていた。

「…………」

この原因も、全くわからない。その場に呆然と立ち尽くした私を、颯は不思議そうな顔で見てきた。

「理央、おはよ。どーしたの」

「……颯……」

透明になっている彼の姿を見ていると、心臓が嫌な音を立て始めた。だけど聞かなきゃならない。ちゃんと私は、もう。

「……わ、私たち……今よりずっと前にも、会ったこと、あるよね？」

声が震えた。かろうじて彼の顔からは目をそらさずに言えた。

颯は目を見開く。その表情を見て、ああ、と思った。颯は、私が彼を忘れていたことを、知っているんだ。

「…………」

颯は言葉を失っているようだった。その様子を見て、もどかしくなる。どうして黙っているんだろう。何か言ってほしい。私は思い出したんだ、颯のことを。

嬉しくはないの？　喜んではくれないの？　君なら、やっと思い出したって言って、笑ってくれると思っていたのに。

「……理央」

ようやく彼から聞こえてきた声は、いつも通りの彼のものだった。

「今日の放課後、部活終わったあと時間ある？」

「……ある、けど」

「一緒に行きたいところがあるんだけど、いい？」

「……うん」

颯はにこにこしていた。だけどそれは心からの笑顔じゃなくて、きっとつくられた笑顔なんだろうと思った。

行きたいところ。颯が今まで私を誘って行ったところは、駄菓子屋を除いて、あのスケッチブックに描いてあった場所だった。いずれにしても、私が過去に描いたことのある場所だ。

颯は「じゃあまた放課後」と言って、去り際に私の頭に、やさしくぽんと触れた。

……〝また〟。颯はいつも、別れ際にこの言葉を使う。私はそれを聞くと、ああ明日も彼に会えるのだと思い、安心できた。だけど今はなんだか、その言葉が妙に切なく私の胸に響いた。


それからの授業中も、頭の中では颯のことばかり考えていた。放課後になっても、晴れない気分を持て余したまま、美術室へ行った。先に来ていた先輩は私に気づくと、「やあ」と手を上げた。

「なんだか暗い顔してるね」

「……そう、ですか？」

「うん。何かあった？」

「…………」

　何かあった、というより、何かが起こっていた、だ。私の知らないところで。まさか颯とのことを言えるはずもなく、私は黙った。

　先輩は目を伏せた私を見て、ふ、と微笑んだ。それはいつも私を安心させてくれていた、あの笑顔で。

「何があったのかはわからないけど……中野さんならきっと大丈夫だろうって、僕は思ってるよ」

　ぱっと顔を上げる。先輩の眼鏡の奥の瞳は、やさしく細められていた。

「………」

　私なら、大丈夫なんて。そんなこと、どうして根拠もなく言えるのだろう。

　そんな元気のいい声と共に、美術室のドアが開けられた。ドキッとして、思わず彼から目をそらした。

「こんちはーす！」

「ああ、こんにちは。橋倉くん」

「あ、古田先輩！」

　先輩に気づくと、颯は表情を輝かせた。颯が元気に先輩に話しかけると、男子ふたりはあっという間に盛り上がっていった。

　私は颯と何を話せばいいのかわからず、ふたりが話している間にそそくさと自分の作業に取りかかった。イーゼルを机の前まで持ってきて、ロッカーから絵の具を取り出す。すぐ近くからは、先輩と颯の話し声が聞こえてくる。すると、ふと颯の声のトーンが落ちた。

「……俺、美術のこととか、なんにもわからないですけど。理央と先輩の絵は、すごいってわかります」

ピタ、とバケツを持とうとした手が止まる。一瞬だけその場に沈黙が落ちて、次に発した颯の声が、やけに強く室内に響いた。

「いきなりお邪魔した俺を、すんなり受け入れてくれてありがとうございました。先輩」

見ると、颯は頭を下げていた。

先輩も私も驚いた。なんだ、その言葉。どうして今言うんだ。先輩が引退するまで、あと一ヶ月はあるのに。なんで、まるで今日で終わりみたいな言い方をするんだ。

「は、橋倉くん……？　そんな、お礼なんかいいんだよ。もともと美術室は全生徒が使うものだし。それに、そんな言い方……」

先輩が困った顔で、「だから顔を上げて」と言う。

ゆっくりとした動作で顔を上げた颯は、ぎゅっと唇を噛んで、何かに耐えるような顔をしていた。

私は初めて見る彼のその表情から、目が離せなかった。

水道からシンクに落ちた一滴の雫が、ピチョン、と音を立てた。

先輩が午後六時前には帰り、美術室には私と颯だけになった。途端に、気まずい沈黙が落ちる。

颯のことが気になって集中できなくて、筆が止まった。それに気づいたのか、颯が「理央」と呼んだ。

「……今日はもう、帰ろうよ」

遅くなったら、颯がいつも私にかける言葉。だけど今日は、それが告げられるのが怖かった。

顔を上げて、彼を見る。いつもなら、ちょっと不満げな顔をしながら、笑って「早く帰ろう」と急かすのに。颯は今、少しも笑っていない。まっすぐな目で、私を見ていた。

「…………」

嫌だ。帰りたくない。だけど時間は待ってくれない。いずれ学校は閉まってしまう。ここにずっといることはできない。

私はそっと筆を置くと、ぎゅっと手のひらを握りしめた。

「……うん。帰ろう」

それから片づけをして、六時半には学校を出た。

ふたりで無言で駅まで歩く。

颯の行きたいところってどこだろう。途中で寄り道するのかと思っていたけれど、私たちはそのまま駅に着いた。

「……え、颯、今日行きたいとこあるって」

「うん、だからちょっと待ってて。切符買ってくる」

え？

ポカンとして改札前で立ち止まった私をよそに、颯は券売機で切符を買って戻ってきた。

戸惑っていると、背中を押されて改札を通るよう促される。定期券を使って改札を通ると、颯も切符を使って隣の改札を通っていた。

……颯も、私と一緒に地元の町に行くってこと？

混乱のまま、私たちは電車に乗り込んだ。

約十五分。電車に揺られながら、私たちは無言でドアの近くに立っていた。颯はずっと、何かを考えているような難しい顔をしていた。その顔を見ていると、これから行く先で何かよくないことが起こる予感が止まらなくて、泣きたくなった。

電車を降りて、また何も言わず歩き始めた颯の後ろをついていく。

彼の足には迷いがなかった。その足が曲がり角を曲がる度、私は心臓がバクバクと強く脈打ち始めるのを感じた。だって、これは。この道は……。

「ついた」

颯が立ち止まって、その建物を見上げる。私はその横で、呆然としていた。

ところどころ錆びた校門と、高く大きな白い建物。私が通っていた、中学校――。

「……颯、ここ……」

なんで、颯がここを知っているんだ。

一瞬で頭がまっしろになって、だけどスケッチブックに中学校も描いていたことを思い出して、ハッとした。

カシャン、と音を立てて、閉じられた校門に颯が足をかける。立ち止まったままの私を振り返って、颯はふいに笑った。

「どこまで思い出した？」

私は言葉を失う。

どこまで……。

「たぶん、ほとんど」

月明かりの逆光で、颯が暗闇の中、微笑む。

彼は「そっか」と静かに返事をして、門の向こう側に下り立った。

「こっち来られる？」

「…………」

言われて、おずおずと門に足をかける。

ゆっくりと移動して校門を越えると、颯に手を引かれて歩き始めた。夜の学校に忍び込むなんて初めてで、少しドキドキした。

驚くことに校舎は施錠されていなくて、私はまたポカンとした。颯はまるですべて知っていたかのように、迷いなく昇降口の扉を開けて、中へ入った。そのまま階段を上がっていく。懐かしい景色がいくつも視界に入ってきて、それを颯と一緒に見ているのが、どうにも不思議だった。

「……え」

颯が再び立ち止まったのは、屋上の扉の前だった。普段は立ち入り禁止のはずだから、当然鍵は開いていない。そう思ったのに、彼はためらいなくドアノブに手をかけて、それはあっさりと開いた。

「……嘘」

「理央、屋上に行ってみたいって言ってたじゃん」

「……いつ……？」

「えーと、四年前？」

颯は指折り数えて言った。

四年前。私が中学一年生のとき。

ああ、言った気がする。この学校のことを颯に話す中で、『屋上に入ってみたいのに開いてない』と不満を漏らした覚えがある。

「…………」

颯は本当に四年前、私と会っていたんだと、ひどく実感した瞬間だった。

颯は、屋上の高い柵の前で立ち止まった。何を言っていいかわからず、私は無言のままその近くに立ち止まった。

彼は少しの間校庭を眺めたあと、「俺さ」と言った。

「ずっと怖かったんだ」

……え？

颯の口から飛び出た言葉に驚く。

「……怖かったって……」

「理央がずっと会いに来てくれてたあの夏から少しずつ、理央が病院に来る回数が減ってさ」

……あ。夏休みが終わって学校が始まって、私は部活に入ったから。少しずつ少しずつ、颯のところへ行くことが減っていっていた。

「俺は山の方の病院に移って、ますます周りにひとがいなくなって……このまんま理央との関わりがなくなったら、俺はずっと病院の中で、誰にも知られずに死んでいくのかなって思った」

……何度か訪れたことのある颯の病院は、眺めもよく綺麗なところだったけれど、とてもこぢんまりとしていた。患者の数も少なく、見舞い客もほとんどない。颯はそこでひとり、何を思って過ごしていたんだろう。こんな大きな世界が外には広がっているのに、彼はあの小さな世界にひとりきり。

なんだ、私と同じじゃないか。大きなものが動かすこの世界で、私は本当にちっぽけな存在でしかなくて。それが寂しくて寂しくてたまらなかった。誰かの心に残る私でいたかった。颯も、私と同じだったんだ。

苦しくなって、過去の自分を後悔した。どうして行かなくなってしまったんだろう。このひとに見せるためにいくら風景を描くのが上手くなったって、それでこのひとに寂しい思いをさせていたんじゃ、なんの意味もないのに。

だんだんと潤む瞳も無視して、黙って颯の背中を見つめ続けた。

すると颯が振り返って、私を見つめて笑った。

「どうせなら、少しの間でいいから理央と同じ学校に通って、理央と同じ普通の高校生をしてみたいって思った。理央が一緒に行こうって言ってくれた場所に行きたいって」

颯は普段通り、楽しいことを語るみたいな口調で話す。

彼の笑顔を照らすのは、月明かりだけだ。

「そしたら去年の夏、病室に理央の姿をした幻が現れたんだ」

信じられる？　と颯が笑う。

……私の姿の、幻。

それが本物だったとしても、幻影だったとしても。颯がそれをその目で見たんだということを、疑う必要は私にはなかった。

「……それで……？」

「そしたらそいつ、理央の姿で言うんだよ。大事なものをくれたら、願い事を叶えてあげるって。虚ろな目して、怖いくらいの無表情でさ」

まるでどこかの夢物語だ。だけど颯の言葉は冗談を言っているようには聞こえない。

「俺には渡せるような大事なものなんかないって言ったら、そいつはこの子の大事な記憶でもいいよって」

……この子、って。まさか。

私の表情で、私が考えていることに気づいたのだろう。颯は目を伏せて「ごめんな」

と言った。

「理央の記憶なのに、勝手に渡して……ほんとごめん。理央のスランプも、俺が記憶を消したせいだ。大事なもんを代償に願いを叶えるとか、まるで悪魔だよな。……でも藁にもすがる思いだった。理央が忘れてても、それでも会えるならなんでもいいって。そのときの俺には、そいつが願いを叶えてくれる妖精のように思えたんだ。だから、俺はそいつを夏の妖精って呼んでる……」

私の中の颯の大事な記憶を代償に、颯はここにいるってこと……？　だから私は、すっぽりと彼につながることだけ不自然に忘れていた。風景を描くきっかけになったのも、絵で伝えたかったことも、ぜんぶ颯が関係していたから、私は忘れていた。

「この身体、実体はちゃんとあるし触れられるけど、本当の身体じゃないんだ。本物は今も病院で眠ってる」

「…………」

「本当の身体の体調が悪くなったとき、それに合わせてこの身体も不安定になるみたいなんだ。だからときどき透けてたんだと思う」

私は颯を見て、まるで綺麗な幻のようだと思ったことがある。……本当に、幻だったなんて。

じゃあ、彼のすべてが消えたあのとき、颯の体調はすごく悪かったということ？

彼が消えてしまうという恐怖は、あながち間違いではなかったんだ。

「でも、もう終わりだ」

次々語られる衝撃の事実に立ち尽くしていたら、そんな言葉が聞こえた。

驚いて、顔を上げる。

颯は眉を寄せて、つらそうな顔をしていた。それでも彼は無理にでも笑おうとしていて、細められた目尻に涙が浮かんでいた。

「理央はぜんぶ思い出した。理央の記憶を代償にしたんだから、当然だけど……もうこの身体は、夏の妖精に返さなきゃならない」

どくん、と心臓が大きく音を立てた。頑丈に閉められた蓋を、無理やりこじ開けた罰だ。

「でもどうせ、夏が終わる頃には返さなきゃいけない約束だったんだ。転校するなんて嘘だけど、俺がいなくなるのは嘘じゃない。……ちょっと早まっただけだよ」

颯が消える。今度こそ、本当に。

そう思ったら、すごく怖くなった。

じわじわと視界が歪んでいく。颯はこちらを向いて、悲しそうに微笑んでいる。

……確かに約束したけれど。何も言わずに消えないって、約束したけれど。

――こんなの、ひどいよ。

「……っい、嫌だ！　やだやだ！」

颯の手をぎゅっとつかむ。彼は少し驚いた顔をして、私を受け止めた。

「なんでこんな……っ、せっかく会えたのに、思い出したのに、消えちゃうなんて」

「うん……俺も嫌だよ、すげーやだ。せっかく仲よくなれたのにな」

颯がそっと私を抱きしめる。絡めた彼の指は、相変わらず冷たかった。ああ、今になってやっとわかる。男の子にしては華奢な身体、細くて長い指、眩しい日差しなんか知らないかのような白い肌。その理由を今になって実感させられて、涙が出た。

ふと見たらその指が透けていて、ハッとした。消えてしまう。本当に、目の前からいなくなってしまう。

「……楽しかったよ。この二ヶ月」

頭上で、やさしい声がする。涙が止まらなくて、必死に透けていく彼の指を握りしめた。

ねえ、消えないで、颯。木の下でもう一度出会ったあの日のように、まだ春の香りを抱きしめていて。

「理央が教えてくれた場所に、ずっと行きたいって思ってた。理央と一緒に」

私を抱きしめる彼の腕が緩んだ。顔を上げると、私の潤んだ瞳に、颯の子供みたいな可愛い笑顔が映った。ひとを幸せにする、明るい笑顔だ。

「会いたかった。だから会いに来た。……もう一度。この足で」

笑いながら、泣いていた。

彼の頬を涙が伝うのを、私は一瞬の美しさを追うように眺めていた。

「俺のこと、たくさん描いてくれてありがとう。綺麗な景色の中に残してくれてありがとう。好きだよ、理央」

私もだよって。言おうとして、声が出ない。

颯の身体は、もう半分以上消えていた。ちゃんと私を抱きしめているはずなのに、姿が見えない。

「待って、颯。嫌だ、まだ……」

「ごめん、ほんとごめんな。俺がここにいた日々は、ほんの一瞬の夢みたいなものだよ。……明日には、ぜんぶ消える」

嘘。

信じられなくて、信じたくなくて、すがるように彼の目を見た。だけど颯は笑ってくれない。私を安心させるため、頭を撫でてはくれない。

「じゃーね、理央」

また明日、って。言ってよ。いつもみたいに。

颯の身体はあっというまに透けていった。彼のすべてが見えなくなったと同時に、音もなく光の粒が広がった。星屑のように、きらきらはじけた水しぶきのように。
彼が消えた屋上で、私はひとり泣くこともできず立ち尽くしていた。
私の目に映る、彼のいない景色は暗くて、冷たくて、すべてが色褪せている。
太陽を失った世界は、動きを止めた。

# 第六章

# 夏の妖精

あれからどうやって家に帰ったのか、もう覚えていない。気づいたら家のベッドで寝ていて、朝を迎えていた。

「……ソウ」

部屋の窓から射し込む日の光に目を細めながら、言い慣れた音を口にする。

ソウ、ソウ、颯。

よかった。ちゃんと覚えている。消えてない。私の中から颯は、消えていない。それだけで、涙が出そうなほど嬉しかった。

もしかしたら、昨日の夜の出来事は悪い夢だったのかもしれない。学校へ行けば、また明るい笑顔でみんなの中心にいる彼の姿を見ることができるかもしれない。そんな淡い期待を胸に登校した。

学校は昨日と何ひとつ変わっていない。ああやっぱり悪い夢だったんだと思いながら、隣のクラスの教室を見る。だけどそこに、颯の姿はなかった。

一瞬だけ冷や汗が背筋を流れる。いや、まだ来ていないだけだと思いながら教室へ戻ろうとしたけれど、颯の席に違う人間が座っているのを見た瞬間、嫌な予感がした。

「…………」

呼吸が浅くなる。

まさか。いや、そんなはずはない。

自分に言い聞かせながら、近くでわいわい盛り上がってしゃべっていた男子たちの方へ向かった。

いつも大きな声で、颯、と呼び、自由人の颯に振りまわされていた彼。普段なら絶対に自分から関わろうとしなかった。だけど今は、そんなことかまってられない。

「……あ、あの」

おそるおそる声をかける。男子は私に気づくと、少しだけ驚いた顔をした。

「何？」

「あの……颯は、まだ来てない？」

聞くと、彼は黙った。周りの男子たちと顔を見合わせて、そして首をかしげた。

「ソウって誰？」

……彼のその言葉が、どこか遠くに聞こえた。

身体が震える。上手く息ができない。そんなはずない。知らないわけない。だって昨日も呼んでいたじゃないか。颯って、呼んでいたじゃないか！

「は……橋倉颯だよ。同じクラスだから知ってるはず」

「橋倉って名字の奴は、うちのクラスにはいないよ。他のクラスじゃねーの？」

「そんな……よく一緒にいたでしょ？　話したり、遊んだり……」

「ええ、俺が？　あんた、それ絶対人違いだよ」

「そんなことない。ちゃんと思い出して！」

「悪いけど、ほんとに知らねえんだよ！」

必死に食い下がる私に、彼も戸惑った顔をする。冗談を言っている顔じゃない。でも、知らないなんてあり得ない。颯は私の隣のクラスで、彼らは颯の友達だった。いつも彼を囲んで笑っていたのに、初めから存在しないだって？

「……っ」

颯のクラスの教室へ入って、教卓に入っていたクラス名簿を見た。教室にいたひとたちはただならぬ様子の私を、不審そうに見ている。だけどそんなこと、気にしている余裕はなかった。

橋倉。はしくらそう。名簿を上からなぞって、一字も見逃さずに読んでいく。

『野口』という名字が見えたとき、ドキリとした。その下は……。

「……ない……」

その下には、『福田翔一』と書かれていた。

ない。橋倉が、どこを探しても見つからない。

苦しくて、息をするのも苦しくて、自分のクラスに駆け込んだ。

自分の席についてクラスメイトと話していた眞子に気づいて、大声で呼ぶ。

「眞子！」

「あ、理央ちゃん。おはよう」

「そっ、颯！　橋倉颯、知ってる？　知ってるよね!?」

木の下で出会うまで、颯とは初対面も同然だった私に、彼のことをいろいろと語ってくれたのは眞子だ。だけど眞子は、さっきの男子のように、戸惑った表情をした。

「ハシクラソウ……？　ううん、知らない」

みんな知ってる？　と、眞子がクラスメイトの女子たちに尋ねる。みんな一様に首を横に振った。私は愕然とした。

まるでありがちな物語のお約束だ。朝起きて学校へ来てみれば、彼がここにいた事実ごと消えていた。橋倉颯は、初めからこの高校に在籍していなかった。

『ごめん、ほんとごめんな。俺がここにいた日々は、ほんの一瞬の夢みたいなものだよ。……明日には、ぜんぶ消える』

ぜんぶ、消える。それは、こういうことだったんだ。本当に幻のように、ひとときの夢物語のように、彼は消えた。

『……どうせあいつらも、忘れるんだよ。俺のこと』

彼のあの言葉は、自分を嘲って言ったものじゃなかった。彼はわかっていたんだ、こうなることを。

太陽を失ったはずの世界は、今日も変わることなくまわり続けている。別の太陽をそこに据えて、今日も滞りなくまわり続ける。ただひとつ、私という小さな小さな星を除いて。

「……冗談じゃない……」

私は呟いて、教室を飛び出した。階段を駆け下りて、廊下を走る。美術室のドアの鍵を開けて、勢いよく開けた。息を整えながら、中へ入る。

そこは昨日となんら変わりない、どんな人間でも受け入れる白の壁で囲まれていた。いつも私を安心させてくれていたはずなのに、どうしてか今はすごく切ない。

自分のロッカーに、おそるおそる手を伸ばした。比較的小さなサイズの絵を入れている青いファイルを取り出し、ぺら、ぺら、とゆっくりページをめくる。

始業のチャイムが鳴り響く中、私の手は震えながら、けれど確実にページをめくっていく。そしてその絵が見えた瞬間、涙が出た。

「あった……」

夜の海を背景に、笑う颯の絵。

残っていた。今はこれだけ。颯が私と一緒に学校に通っていたことを、唯一証明してくれるもの。

一枚一枚、ファイルから取り出して、机に並べた。すべて過不足なく残っていた。

海、駄菓子屋、公園。他にも、学校で描いたいろんな颯の姿。ぜんぶ、私が描いたものだ。私が見た、颯の姿。

「よかった……」

安心したら、涙がぼろぼろこぼれた。

夢なんかじゃない。幻でもない。颯はちゃんとここにいた。私の隣で笑っていた。ここで私と同じ高校二年生として、生きていた。嘘じゃない。消えてない。ぜんぶ本当だ。

ねえ、颯。

今、何してるの。何考えてるの。

もう終わり、なんて勝手にひとりで決めて、満足して、あきらめて。

やっぱり颯は自己中心的で、周りが見えてない。自分さえよければいいと思ってるでしょう。

『俺のことほんとに大事にしてくれてる奴もいるんだなってわかって、もっと自分以外の世界も大事にしようって思った』

全然わかってないじゃん、颯。ちゃんと見てよ、君の大事なもの。君を大事にしてるひと。

私は納得してないよ。これで終わらせるなんて冗談じゃない。すべてを夢にしたかったなら、すればよかったんだ。この絵も、私の記憶も。すべて消してしまえばよかった。

だけど君は残した。それは、覚えていてほしかったからでしょう？　私に。この世界に。君がいたことを。君が笑っていたことを。……こんなちっぽけな世界の片隅にでも、残しておきたかったってことでしょう。

たくさんの絵を前に、私は美術室でひとり泣いていた。涙がこぼれては拭って、何度も繰り返す。

だけどふと涙を拭う指の隙間から何かが見えて、私は目を見開いた。机越しに、〝彼〟は私を見ている。私より少し背の低い、病院の服を着崩した男の子。見覚えのあるその姿は、光を帯びて佇（たたず）んでいた。

彼が誰なのか、私はわかってしまった。心のどこかで、納得にも似た気持ちが浮かんだ。

「夏の妖精……」

それは、まだ中学一年生の頃の颯の姿で、そこにいた。背が小さくて、幼くて。ただひとつだけ、颯とは違う濁った暗い瞳をしたその男の子を、私は呆然と見つめた。

「……颯」

君も、こんな気持ちだった？　幼い頃の私が現れて。懐かしくて切ない、こんなにもたまらない気持ちになったのかな。

颯の姿をした妖精は、私を見つめておもむろに口を開いた。

「……大事なものくれたら、願い事を叶えてあげる」

身体に震えが走る。

怖いのかな。わからない。本当に彼は、こんなふうに。

颯が言っていた通り、まるで悪魔に魂を売るかのようだ。気持ちが弱ったひとの元を訪れて、甘い誘惑と共に大事なものを奪い、ひとときの夢を見せる。すべては夏の妖精の気まぐれ。けれどその気まぐれに、少年はすべてをかけた。たったひとり、恋した女の子に会うために。

「……ほんと、馬鹿みたいだ……」

颯の姿をしたそれを目の前にして、私の口からは笑いがこぼれた。

颯、今なら君の気持ちが痛いほどわかる。ひとりぼっちは嫌で、だけどひとりではどうすることもできなくて。すがりたくなってしまう。こんな悪魔にだって、魂でもなんでも受け渡してしまいたくなる。

私は机の上に広げた絵の数々を見て、小さく笑った。

会えるのなら、なんでもいい。それくらいの気持ちを、君は私に抱いてくれたんだね。

「なんでも、叶えてくれるの？」

問いかけると、妖精は静かに頷いた。

「そっか」

なら、私だって悪魔に魂を売ろう。それでおあいこだ。

私はもう一度目尻の涙を拭って、前を向いた。どんなに悔しくても、どんなに悲しくても、それでも前を向こうと頑張ることを教えてくれたのは、颯だった。勝手に私の記憶を代償にして、突然現れて。肝心なことは直前まで何ひとつ教えてくれないまま、また突然いなくなるなんてひどいと思う。私の記憶を残したままなんて、いちばん残酷だ。

だから、このままになんかしてやらない。君を描いた絵を抱きしめて、ひとりで生きてなんかいかないよ。颯はそろそろ、自覚すべきだ。自分が誰かの世界のまんなかにいること。自分がいなきゃ、まわらない世界があること。

私はしっかりと妖精を見据えて、机の上に片手をトン、と置いた。

「ここにある絵、ぜんぶあげる」

妖精は私の言葉に、目を見開いた。

颯が描かれた、ぜんぶで八枚ある絵たち。今、唯一彼がいた跡を残すもの。

「だから、颯と話をさせて」

妖精は、幼い頃の颯の顔で、面食らった表情を浮かべた。

「……大事なものなんじゃ、ないの？」

「大事だよ。でもあげる。いいの、また描くから」

今の私にとっては、唯一颯を想ってすがりつくことができるものたちだ。彼との二ヶ月を思い出させてくれる、大切な絵。

だけどこれらは、彼が逃げてあきらめた証拠でもある。

『理央の手で、俺を描いてくれてありがとう。ここからいなくなっても、俺がこの高校に通ってたってこと、この絵が残しといてくれるって思ったら、なんか安心した』

きっと颯は、幻の身体が消えたあと、もう二度と病院から出ることはないと思っているのだろう。だからあんなことを言ったんだ。本物の身体が私と同じ高校の制服を着て、その足で私といろんな場所へ行くこと。そんなことはもう実現しないってあきらめているから、せめて幻の姿だけでも絵に残した。彼が私と本物の身体で外へ出ることをあきらめた証拠。

颯がいなくなった世界で、私はこの絵たちを見つめて、思い出に浸ったりはしない。

……絶対、しない。

「どんな形でだって、もう一度颯とここに行くから。何度だって、連れていくから!」

私に〝あきらめない才能〟があるというのなら、それを信じよう。たとえ颯があきらめても、私はあきらめない。海にも駄菓子屋にも公園にも高校にも、もう一度一緒に行く。本当の彼を描く。今度は私が、会いに行くんだ。

「……わかった」

妖精は、私をまっすぐに見つめて頷いた。

その瞬間、絵たちが光を帯びる。私自身も光をまとって、宙に浮いた。

身体が強く引っ張られるような感覚の数秒前、ふいに夏の妖精が呟いた。

「君に心動かされて、まわっていた世界があったこと。忘れないで」

ああ、早く言わなきゃ。

君がこの世界とお別れする、その前に。

## 颯声（さっせい）が聞こえる

ひゅう、と冷たい風が吹いた。

目を開けると、そこは白い病室だった。

すぐそばには白いベッドがあって、黒髪の少年が静かに眠っていた。

「…………」

颯。

呼ぼうと、声を出そうとした。

だけど出ない。出しているつもりなのに、音が出ない。もどかしくてたまらなくて、せめて彼に触れようとしたとき、横からまたあの声がした。

「願い事を叶えるために君の記憶をもらってから、ずっと眠ってるよ」

いつのまにいたのか、夏の妖精は相変わらず中学一年生の颯の姿をして、私の横に立っていた。

……眠っている。二ヶ月の間、ずっと？

「まるで、現実から逃げるように。夢から覚めたくないというように、君の記憶が戻ってからも、彼は目を開けない」

妖精の言葉に、驚く。

颯の寝顔はどこまでも穏やかで、よく私の横で眠っていたときの顔と変わらなくて。青いくらいに白い肌が、陶器のように綺麗だった。

「日々の中に君がいない現実を、彼は受け入れられないんだ」

「…………」

個室の病室の窓からは、美しい山々が見えた。清涼な空気。窓辺に置かれた花瓶は、きっと長らく何も生けられていない。

私は、彼の寝顔を見つめていた。本当に、もう二度と目覚めないいんじゃないかと思えるほど、やさしい顔で彼は眠っていた。

すると突然、窓から勢いよく風が入り込んできた。

長い髪が揺れる。思わず目を閉じて、もう一度開けた瞬間、目を閉じた颯はそこにいなかった。ベッドの上にいたのは、中学一年生の颯。彼は表情をなくした顔で、窓の外を眺めていた。

『颯！』

彼の名前を呼ぶ声。聞き覚えのある、なんてものじゃない。数年前の自分が、私の横をするりと通り抜けて、颯の元へ駆け寄っていった。

少女は今の私よりずっと表情豊かで、息を切らしながら赤い顔で『おはよう』と言った。

颯はそんな少女を見て、なくしていた笑顔を取り戻す。

『おはよ、理央』

その笑顔が、心から嬉しいと思っているからこそあふれたものだとわかって、胸が痛むのを感じた。

少女は手に持っていた小さな青い花束を花瓶に生けて、窓辺に置いた。

『あのね、颯。昨日の夜ね、お母さんが……』

それから、少年と少女は楽しそうに会話を始めた。少女は時折あの赤いスケッチブックに絵を描いて、少年に見せる。やさしくて可愛らしい、幼い恋がある風景。私はそれを、目を細めて見つめていた。

やがて日は暮れていき、子供は家に帰る時間になる。寂しそうな顔をして、少女は帰っていった。

途端に静かになる病室。少年はまた笑顔をなくした。少女が置いていったスケッチブックを見つめながら、彼は目を伏せた。そしてわずかにうつむいて、ひっそりと涙を流す。……この世界の、誰にも知られずに。幼い颯は、ひとりで泣いていた。

私はその様子を、唇を噛んで見つめ続けた。目をそらしてはいけない。彼の小さな寂しい世界から、私が目をそらしてはいけない。

ふいにまた、風が吹いた。瞬きをして、次に目を開けたとき、景色は変わっていた。

そこには、成長した颯の姿があった。きっと中学三年生くらい。彼は机に向かって、何か書き物をしていた。机の上にあったのは筆記用具と、新品らしき数枚の便箋。それから、その隣に既に何か書かれた便箋が置かれていた。彼は新品の便箋とそうじゃない便箋とを交互に見ながら、懸命にそこに文字を連ねていく。

……ああ、私との文通だ。

彼は毎回、こんな風に悩みながら、私に返事を書いていたのか。そういえば颯は国語が苦手だったなと、ぼんやり思い出した。たとえ手紙でも、文章を書くのはすごく大変だっただろう。だけど彼にとって私との手紙は、外の世界との唯一のつながりだった。きっと、ただ毎日を病室で過ごしている彼には書ける話題は少ない。だから私が書いたくだらない話題にも、その度に彼はちゃんと返事を書いてくれた。真剣な顔をして机に向かうその姿を、私は目の奥に焼きつける。

同じだ、と思った。颯と出会ったばかりの頃の私と、同じ。

颯のことを忘れたときなんかない。だけど私は、朝目覚めたら学校へ行き、いろんなひとと関わらなければならなかった。趣味が絵を描くことだと言うと、たくさんのひとが地味だと馬鹿にしてきた。悲しくて悔しくて、私は少しずつ確実にひねくれていった。

外の世界は容赦なく、私の世界を攻撃してくる。自分のちっぽけな世界を守るためには、外の世界と上手く付き合うことが必要だと、自然と知っていった。他人に認められなければ。じゃなきゃ外の世界は、私の世界にトゲを持って侵入してくる。それからだ。私が他人に認められることを前提に絵を描き始めたのは。そして少しずつ心に余裕がなくなっていって、颯の元を訪れることが減っていって。

大きなものが動かすこの世界に、小さな小さな自分は淘汰されたくない。私たちは同じ、そんな思いを抱えていたはずなのに、ズレていった。今思えばそれは仕方ないことだったけれど。

私は気づかなかった、颯の悲鳴に。ひとりぼっちになりたくなくて、外の世界と関わるしかなかった私と、外の世界と関わりたかった颯と。

同じだったんだ。私と颯は。

長い間、気づいてあげられなくてごめん。

『颯には、わからないよ』

何度も何度も傷つけて、本当にごめん。

涙で視界がぐにゃりと歪んだとき、風が私の身体を通り抜けた。

目元を拭って、顔を上げる。

病室は消えていた。透明な世界で、高校二年生の颯はぽつんとひとりで立っていた。

彼は私に気づくと、眉を下げて微笑んだ。

「……いいんだよ、理央。俺はもう、充分満足した。あとはもう、この狭い世界で過ごすだけだ」

ここには、色がない。風もない。景色もない。あるのは、透明だけだ。どんなものも受け入れられるけれど、その実、どんなものより排他的で、他との交わりを許さない。

「理央には、理央の世界がある。俺なんかに付き合ってたら、外の世界と関われなくなっちゃうよ」

「……颯」

気づけば声は出るようになっていた。呼べば、彼は目を細める。この世でいちばん愛しいものを見るような目で、私を見つめる。

目が合って、喉の奥が痛んだ。

『俺の世界のまんなかにいんのは、理央だよ』

涙が込み上げたけれど、必死にこらえる。泣きたくても、笑おう。前を向こう。何度も私を慰めてくれた、颯のように。

「この世界に、ふたりきりだったらよかったのにね」

声が震えた。

颯が目を見開いて、私を見る。

上手く笑えている自信はなかった。普段あんまり笑わないからか、下手くそな笑顔しかつくることができない。

「そしたら、こんなに悩むことだってなかったのに」

私と颯。それだけなら、私たちの世界に満ちていたのは幸福だけだっただろう。寂しくない。邪魔者もいない。きっといちばん、幸せな形だ。

……だけどそれは、自分たち以外の人間を拒絶して、狭い世界に逃げた結果でもあるんだ。

颯は私の顔を見て、笑顔を歪めた。そして目を伏せて、「嫌いだよ」と呟く。

「俺から理央を取っていった、外の世界なんか大嫌いだ。俺の世界は、俺と大事なものだけでいい。それがいちばん幸せなんだよ」

颯は、憎んでいたんだ。彼をひとりぼっちにした、外の世界を。

だから、自分の世界を守るための生き方をする。そこに閉じこもって、周りのことは気にしないで。

……だけど。

「颯ももう、知ってるでしょう。外の世界の綺麗な景色も、颯を大事にしてるひとのことも」

彼は唇を噛んでうつむいた。

彼が憎んでいた外の世界で、幻の彼は太陽だった。私以外の同級生とたくさん出会って、話して、笑って。ひとの輪の中心になって。颯はいつも、籠から解き放たれた鳥のように、楽しそうに世界を眺めていた。本当はもう、大嫌いなんかじゃないって。

『俺のことほんとに大事にしてくれてる奴もいるんだなってわかって、もっと自分以外の世界も大事にしようって思った』

私は、知っている。

私の言葉に、颯は眉を寄せて「わかってるよ……」と弱々しい声で返した。

「でも、もうぜんぶ消えた。あの高校に、理央以外に俺のこと覚えてる奴はいない。無理なんだよ、今さら。俺はここで生きてくしかないんだ」

「無理じゃない」

いつかも、こうやって彼の言葉を否定した。

颯がハッとして、顔を上げる。

私は彼をまっすぐ見つめた。この心が、まるごと伝わるように。

「颯があきらめなきゃ、いくらでもチャンスはある。だってまだ私がいるから。颯のこと、ひとりになんかしない。ここに閉じこもったままになんか絶対させない」

言いながら、また涙があふれた。

今度はかまわず言葉を続ける。喉の奥が痛くなって、声が震えたけれど、気にしなかった。

「颯が言ったんだよ、これは私の才能だって。私、あきらめない。また颯といろんなとこ行きたい。颯を描きたい。颯がいなきゃ、私の世界はまわらないんだよ」

私が君の世界のまんなかにいるなら、君だって私の世界のまんなかにいる。誰だってそうだ。誰かの支えになって生きている。誰かの世界に欠かせない存在として生きている。それをちゃんとわかってほしい。

外の世界に、君の居場所はちゃんとあること。君はこの世界に必要だってこと。私の絵の主役は、やっぱり颯でなきゃダメなんだ。

彼は私の言葉を、涙の溜まった瞳で聞いていた。笑顔をつくれなくなった彼はとても人間らしくて、私はそんな彼も素敵だと思った。

「……でも、外の世界は怖いよ。どんなに頑張ったって、誰とでも上手くはいかない」

「わかってる、私だって怖いよ。でもあきらめたくない」

ずっと苦しかった。どうしても誰かに嫌われてしまう自分が嫌で、周りのひとが怖くて、空気にばかり敏感になって。

だけどそんなの、みんな同じだ。それでも君は前を向いて笑っているから、私は君が眩しくて仕方なかったんだよ。

「私、やっとできる気がするんだ。自分の大切なものを大切にしながら、今度こそちゃんと周りと向き合えるって信じてる。颯が教えてくれたんでしょう?」

大丈夫だよ、颯。この世界はあまりに大きくて、ちっぽけな私たちはいつも悩んでばかりだけれど。この世界のやさしいところも綺麗なところも、私たちはちゃんと知っているから。今度こそ自分の大切なものを見失わずに、きっと外の世界と向き合える。

うつむいている颯に、そっと近づく。中学校の屋上で彼がそうしたように、今度は私が彼を抱きしめた。

颯は泣いていた。今まで我慢していた分のが一気にあふれたみたいに、彼は大粒の涙を流した。

私は背伸びして、そんな颯の頭を撫でる。もうひとりで泣かなくていいよ。前を向くための涙は、ふたりで流せばいい。

「颯、目を開けて」

彼の耳元でささやいた。

安心して目を開けて。私はちゃんとそこにいるから。

君の目に映るこの世界は、きっと綺麗だ。

# 世界のまんなかで笑うキミへ

「古田先輩。約二年半の間、部活動お疲れ様でした」

　終業式が終わり、明日から夏休みが始まる、という日の放課後、美術室で古田先輩のお疲れ様会が行われた。私と先輩と、顧問の湯浅先生。出席したのはたった三人だけの小さな会だったけれど、先輩は照れたようにはにかんで「ありがとう」と言った。

「いやー、古田はほんとよく頑張ってたわ。あんたの学年は特に初めから幽霊の奴が多くてさぁ、そんな中で古田は真面目に毎日美術室に来て……」

　先生が大げさに泣き真似をしながら、先輩の肩を叩く。先輩は苦笑いしながら、「別に真面目ではなかったですよ」と返した。

「僕もサボっちゃった日はありましたし、中野さんが来てからはつい、いろいろ中野さんに任せちゃったし」

　ごめんね、と先輩が私を見て小さく頭を下げる。私は慌てて首を横に振った。

「いえ、先輩は部長としてしっかり任務を果たしていたと思います。むしろ、助けられていたのは私の方で……」

　先輩がいる美術室は、いつだって私を安心させてくれた。先輩は私にとって、ずっと尊敬すべき先輩だ。

　今日で彼は部を引退する。明日からは私が美術部部長だ。だけどやっぱり信じられないし、信じたくない。私の中で古田先輩が部長であることは、これからも変わりないだろう。それからしばらくの間、お弁当を食べたりお菓子を食べたりしながら、話は盛り上がった。

　途中で、私は先輩に一通の手紙を差し出した。

「あの、これ……えっと、先輩の絵を写真で見せたら、私の友達がすっかりファンになっちゃって。手紙を渡してほしいと頼まれたんです」

　差出人の欄には、『橋倉颯』と書いてある。先輩は手紙を見て、「へえ」と嬉しそうに受け取ってくれた。

「僕の絵を気に入ってくれたってこと？」

「はい」

「わあ、嬉しいな。どこの高校のひと？」

　先輩は封筒を眺めながら、何げなく尋ねてくる。私は事前に考えておいた言葉を忘れかけていたけれど、必死に思い出しながら口を開いた。

「その友達は小さい頃から身体が弱くて、ずっと入院してるんです。だから高校へは行けてなくて……」

そう言うと、先輩は悲しそうに「そっか」と目を伏せた。

「早くよくなるといいね」

「はい……あ、できたらでいいんですけど、もし勉強の息抜きとして時間がつくれたら、返事を書いてあげてくれませんか。私に渡していただけたら本人に届けるので」

「ああ、いいよ。もちろん」

先輩はうんうんと頷いた。

「ありがとうございます」

無事手紙を渡せてホッと息をつくと、先輩が封筒を見つめながら「病院にいる友達ってことは」と言った。

「あの絵の彼は、この手紙のひと？」

ドキン、と心臓が飛び跳ねた。先輩の視線は、今も机の上に置かれている絵に向かっている。

いつもより大きなサイズのそれは、文化祭の絵を描く前の最後のリハビリとして昨日の夜完成させたものだ。病衣姿の男の子が、ベッドの上で明るくピースしてこちらに笑いかけている。

「見たらやさしい気持ちになれるのは、中野さんの絵の魅力だけど……珍しいね。あんなに人物が目立ってる絵を描くなんて」

「確かにねぇ」

先輩の言葉に、ふんふんと先生も頷く。

彼の言う通り、あの絵は風景を主体にして描いたものではない。私にしては珍しい、人物画だ。私は「それは……」と言いながら顔を下にした。新しい試みです、なんて言おうとしたけれど、やっぱりやめた。あの絵は、大切な一枚目だから。

「彼は……私の世界の、まんなかにいるひとなので。あの絵の主役なんです」

だから、人物を中心にして描いてみた。新しい試みと言えばその通りなのだけれど、そう言うにはあまりに私は、あの絵に心を込めすぎている。

私の言葉に、先輩と先生がポカンとした。我ながら恥ずかしいことを言った自覚はあったので、途端にこの場から逃げ出したくなった。

少しの間、美術室を支配した沈黙を破ったのは、湯浅先生だった。

「か……彼氏!?　中野の彼氏ね!?」

先生が興奮ぎみに私に詰め寄った。

びっくりしてのけぞる。ぶんぶんと首を横に振った。

「か、彼氏ではないです」

「は!?　でも世界のまんなかって、そういうことでしょ!?　好きなんでしょ!?」

うっ……と言葉に詰まった。ちらりと見ると、先輩の顔にも「先を聞きたい」とわかりやすく書いてある。どうして先輩と先生に、個人的な恋愛事情を暴露しなければならないんだ。

適当に誤魔化そうとしたけれど、よく考えたらさっきの私の発言も誤解を生むものだったと気づき、観念した。

「……実は、まだ好きって言えてなくて」

顔が熱い。手の甲を頬につけて火照(ほて)りを冷ましながら言うと、先生と先輩はますます瞳を輝かせた。

「その話、詳しく聞かせなさい中野！」

先生に強引に吐かせられる私を、先輩はにこにこしながら見つめていた。

「……変わったね。中野さん」

ふいに先輩が呟いた言葉が聞こえて、じわりと心に何かがあふれた。

私はちらりと机の上の絵に目をやった。目一杯の笑顔をこちらに向けて、ピースをする男の子。今日のことを話したら、彼はどんな顔をするだろう。先輩と先生に彼氏だって誤解されたことは、恥ずかしいから絶対言わないけれど。

わいわいと盛り上がる私たちの声と、外から聞こえる蝉の鳴き声が、室内を包む。

絵の中のもうひとつの太陽が、美術室を明るく照らしていた。

＊＊＊

夏の妖精に身体をもらってから、もう何度目かになる、高校で過ごす放課後。

あの子にはまだ話しかけることすらできていない。遠目に姿を見かけることはあっても、彼女が今自分のことを忘れていると思ったら、話しかける勇気が出なかった。

今頃、あの子は美術室で絵を描いているのだろう。そう思いながら、クラスメイトの男子たちと廊下を歩いていたら、ふいに窓の外の木々が目に入って、次の瞬間にはその場に足を止めていた。

『……ごめん、ちょっと用事思い出した』

適当にそんなことを言って、踵を返した。

息を切らして廊下を走り、裏庭に出る。乱れた息を整えながら、生い茂る木々の方へそっと近づいていく。

木の上の彼女は絵を描くのに集中していて、こちらに気づかない。どうしてわざわざそんな危ないところで、とか、話しかけたら邪魔になるかな、とか、いろんなことを考えた。

根元まであと二メートルくらい、というところで、足を止めて見上げる。

それから少しの間、彼女を見つめ続けた。目の前の景色を真剣な目で見つめるその姿を、瞬きをするのも忘れて見つめていた。

　ふいに彼女がため息をついて、手を止めた。その数秒後、突然彼女の身体がバランスを崩した。

「……っうわ」

　そんな短い声と共に、彼女が落ちてくる。その光景が、まるでスローモーションに見えた。思うより先に、手と足が動いた。一瞬の衝撃と痛みのあと、気づけば彼女の顔が至近距離にあった。ばちりと目が合って、少しの間、呼吸を忘れた。

　君は驚いている。何か言ってあげなきゃ。大丈夫？　って。言わなきゃいけないのに、声が出ない。黒目がちなその瞳に自分が映っているのを見て、何か熱いものが込み上げた。

　嬉しい。

　嬉しい。

　涙が出そうだ。このまま抱きしめてしまいたい。今にもあふれ出しそうなこの想いを込めて、力いっぱいに抱きしめたい。

　理央。理央。俺の世界の中心。世界でいちばん大切な存在。やっと会えた。やっと目が合った。嬉しい。泣いてしまいそうなほど嬉しい。

「……あ。ごめん、なさい」

突然降ってきたその声に、ハッとした。彼女は、不安そうにこちらを見ている。他人行儀な口調に悲しくなったけれど、心がすうっと落ち着いた。

焦るな、俺。約束の夏まで、まだ時間はある。もう一度最初から始めよう。まずは俺のことを知ってもらわないと。何事もそこからだ。

第一印象が大事。涙をこらえて、できるだけやさしい表情で。

「……大丈夫?」

初めまして。久しぶり。会いに来たよ。

俺の、たったひとりの大切な君へ。

# あとがき

こんにちは、相沢ちせと申します。このたびは、『世界のまんなかで笑うキミへ』をお手にとっていただき、ありがとうございます。

この物語を書いたきっかけは、ある日大学の友達が言った「私ってよく他人に劣等感持っちゃうんだよね」という言葉でした。劣等感とは、誰かと自分を比べて、自分はダメだと思う気持ちです。今回はその「劣等感」をひとつのテーマとして書き始めました。

高校生といえば、キラキラした青春がつきもの。ですが、現実はそうもいきません。私は今も大学生として部活やサークルやの活動で色んな人と関わっていますが、必ずしも良い形で収まる人間関係ばかりではないように思います。

自分より上手くやっているあの人と、なんだか色々上手くいかない自分。羨ましく思ったり、疎ましく感じたり、八つ当たりしてしまって落ち込んだり……。私にこの話を書くきっかけをくれた彼女も、そんな風に悩んでいました。

現実の青春時代って、実はキラキラした綺麗なものより、どちらかといえば目をそらしたくなるような、人間くさくて面倒な感情の方が多いんじゃないかと思うんです。そういう感情から目をそらさずに書いてみたら、この物語が出来上がりました。

理央と颯の生き方や考え方、ふたりがたどり着いた結論をどう思うかは、人それぞれです。共感してくださった方もいれば、そうじゃない方もいらっしゃるでしょう。それで良いと思います。ただ願わくば、この本を読んでくださった方の心に何か残るものがあったら、作者としてとても嬉しく思います。

最後になりましたが、書籍化にあたり、大変多くの方にお世話になりました。

まず、担当編集の篠原さま。ご迷惑をおかけしてしまったことも多々ありましたが、この小説について一緒に考え、毎度的確なご助言をくださいましたこと、本当に感謝しております。また、ケータイ小説文庫でいつもお世話になっております飯野さま、ならびにスターツ出版の皆さま。とても素敵なカバーイラストを描いてくださった、はるこさま。この本を出版するにあたって関わってくださったすべての方々に、感謝申し上げます。

そして、いつも応援してくださる読者の皆さま、今この本をお手にとってくださっているあなたに、最大級の感謝を。本当にありがとうございました。

二〇一七年五月　相沢ちせ

この物語はフィクションです。実在の人物、団体等とは一切関係がありません。

相沢ちせ先生へのファンレターのあて先
〒104-0031　東京都中央区京橋1-3-1　八重洲口大栄ビル7F
スターツ出版(株) 書籍編集部 気付
相沢ちせ先生

# 世界のまんなかで笑うキミへ

2017年5月28日　初版第1刷発行

著　者　　相沢ちせ 

発 行 人　松島滋
デザイン　西村弘美
D T P　株式会社エストール
編　　集　篠原康子
　　　　　堀家由紀子
発 行 所　スターツ出版株式会社
　　　　　〒104-0031
　　　　　東京都中央区京橋1-3-1　八重洲口大栄ビル7F
　　　　　TEL　販売部　03-6202-0386（ご注文等に関するお問い合わせ）
　　　　　URL　http://starts-pub.jp/
印 刷 所　大日本印刷株式会社

Printed in Japan


ISBN　978-4-8137-0261-0　C0193

# スターツ出版文庫　好評発売中!!

## 『君とソースと僕の恋』　本田晴巳・著

美大生の宇野正直は、大学の近くのコンビニでバイトをしている。そこには、毎日なぜか「ソース」だけを買っていく美人がいた。いつしか正直は彼女に恋心を抱き、密かに“ソースさん”と呼ぶようになる。あることがきっかけで、彼女と急接近し、自らの想いを告白した正直。彼女は想いを受け入れてくれたが、「ソース」を買っていた記憶はなかった。なぜ——。隠された真実が次第に暴かれていく中、本当の愛を求めてさまよう２つの心。その先にあるものはいったい…!?

ISBN978-4-8137-0247-4 ／ 定価：本体570円＋税

## 『ラストレター』　浅海ユウ・著

孤独なつむぎにとって、同級生のハルキだけが心許せる存在だった。病を患い入院中の彼は、弱さを見せずいつも笑顔でつむぎの心を明るく照らした。しかし彼は突然、療養のためつむぎの前から姿を消してしまう。それ以来、毎月彼から手紙が届くようになり、その手紙だけが二人の心を繋いでいると、つむぎは信じていた。「一緒に生きる」と約束した彼の言葉を支えに、迎えた23歳の誕生日——彼から届いた最後の手紙には驚きの真実が綴られていた…。

ISBN978-4-8137-0246-7 ／ 定価：本体590円＋税

## 『霞村四丁目の郵便屋さん』　朝比奈希夜・著

もしもあの日、好きと伝えていれば…。最愛の幼馴染・遥と死別した瑛太は、想いを伝えられなかった後悔を抱き、前へ進めずにいた。そこに現れた“天国の郵便屋”を名乗る少女・みやびは、瑛太に届くはずのない“遥からの手紙”を渡す。「もう自分のために生きて」—そこに綴られた遥の想いに泣き崩れる瑛太。ずっと伝えたかった“好き”という気持ちを会って伝えたいとみやびに頼むが、そのためには“ある大切なもの”を失わなければならなかった…。

ISBN978-4-8137-0245-0 ／ 定価：本体570円＋税

## 『神様の願いごと』　沖田 円・著

夢もなく将来への希望もない高２の七槻千世。ある日の学校帰り、雨宿りに足を踏み入れた神社で、千世は人並外れた美しい男と出会う。彼の名は常葉。この神社の神様だという。無気力に毎日を生きる千世に、常葉は「夢が見つかるまで、この神社の仕事を手伝うこと」を命じる。その日を境に人々の喜びや悲しみに触れていく千世は、やがて人生で大切なものを手にするが、一方で常葉には思いもよらぬ未来が迫っていた——。沖田円が描く、最高に心温まる物語。

ISBN978-4-8137-0231-3 ／ 定価：本体610円＋税

書店店頭にご希望の本がない場合は、書店にてご注文いただけます。